講談社文庫

起業前夜(上)

高任和夫

起業前夜(上)　目次

起業前夜(下)　目次

起業前夜（上）

第一章　予兆

1

黒豹から猪狩雄二に電話があったのは、五月下旬の木曜日だった。

会社の十一階の窓から日比谷界隈の、灯りはじめた赤や青のネオンが見渡せる時刻である。神経ばかり疲れる仕事が一段落したので、今夜あたりはだれかを誘ってのみにいこうと考えていた矢先だった。みょうに人恋しくなっていた。慢性的な残業で、このところ昔の部下――というより、気のおけない仲間たちと、ずいぶん話していない。

四十六歳、経営企画部付の部長といえば、会社の中枢で出世コースに乗っていると、人もうらやむ地位である。雄二自身も、就任当初は誇らしくおもったものだった。だが、ひとつきもしないうちに、場ちがいなものを感じ出した。たえず役員の顔色をうかがい、要求される経営資料を作る仕事よりも、以前の公開引受部のような現場のほうが、性に合うのではないかという疑問がめばえたのだ。好きでもない仕事は、一見はなばなしくみえても、ひどく疲れる。からだの芯に疲労が蓄積する。

「……ちょっと相談したいことがあるんだけどな」

黒豹の声はバリトンで、受話器ごしにもよく通る。疲れなんかとは無縁のものだ。黒豹こと鬼山猛は雄二と同年ながら、一代で都内を中心に居酒屋チェーンを五十店舗も築きあげた立志伝中の風雲児だ。

雄二は四年前、扶桑証券公開引受部の籍のまま、黒豹の会社への出向を命じられた。かれの会社を上場させる手助けのためで、丸二年つきあい、その後も関係はつづいている。

ベンチャー経営者の例にもれず、精力的で、かつせわしない男である。急な呼び出しもまれではなく、二、三ヵ月に一度は、今夜メシでも食わないかなどと誘ってくる。相手の都合は、まずきかない。決して威圧的ではないが、雄二はいつも抵抗する気分を喪失してしまう。なぜかは、よくわからない。

食事をしてからバーで遊ぶこともある。しかし、人目につくような有名店ではのまない。派手なふるまいもしない。

「おれは、しょせん居酒屋のオヤジだよ。高級なところはにあわない」

本気かどうか、そう漏らしたことがあった。

銀座の外れに、お気に入りの小さな店がある。ママは気の利く中年女だが、黒豹は若くてスタイルのいい、少しぼんやりしているホステスが好きだった。その店で黒豹は、古い演歌を何曲も歌う。美空ひばりや三橋美智也の歌が、びっくりするほどうまかった。

黒豹が雄二を誘う理由は、しかし経営上の相談ごとのほうが多い。当然のように雄二を無給のコンサルタントと位置づけているふしがあった。

公開引受部の現場を離れてしまった雄二には、いい加減にしてほしいという気分がある。一方、頼られていると感じて、悪い気がしないのも事実である。一種の腐れ縁だった。

「今夜？」と雄二がきくと、

「いや、この週末。よければ鴨川で会いたい」といった。

安房《あわ》鴨川には黒豹のリゾートマンションがある。

しかし、ふたつ返事で受けるわけにはいかない。この週末は、ひさしぶりにゆっくくり休めそうだから、妻の康子と外出しようと話していたところだった。康子の好きな俳優が戦時中のイギリスを舞台にした恋愛映画に出ていた。たしかアカデミー賞をいくつも取った映画だ。

雄二はむしろアルコール依存症の作家が死に場所を求めつつ娼婦と恋におちる映画にひかれたが、何ヵ月ぶりかの家庭サービスである。やむをえないと覚悟していたのだった。

受話器をにぎったまま、一瞬沈黙した。すると、ちょっとからかう調子の黒豹の声がした。

「何なら、おれから奥さんに話そうか?」

黒豹は人の心の動きに敏感な男だ。しかし、同時にぬかりない男でもある。

これまでにも四、五回、康子をフランス料理や、フグの旨《うま》い店に招待している。それだけではない。雄二が悪戦苦闘の末、何とか黒豹の会社をめでたく上場させたときなどは、康子にルイ・ヴィトンの最高級のバッグをプレゼントしたものだ。それは感謝の気持ちにちがいないが、あの時点で黒豹は、雄二をこの先どう使うか考え、康子がそれに反対しないよう手を打ったともおもえる。

もっとも、いかに高価でも、しょせんはバッグだ。上場によって鬼山が手にした何十億円もの創業者利潤にくらべれば、ほんのはした金にすぎない。

「いや、だいじょうぶ。伺いますよ」

雄二が力なく答えると、何だか含み笑いでもしたような気配が伝わってきた。

雄二がいささか心情を害すると、それを察したのか、すかさず畳みかけてきた。

「こっちの相談ばかりじゃないよ。あんたにもプラスになることだ」

「というと？」

「扶桑証券が飛ばしをやっている。知ってるか？」

雄二は心臓が止まるおもいがした。

「まあ、くわしいことは会って話そう」

電話は一方的に切れた。いつもながら黒豹のペースだった。


土曜日、妻の康子に起こされたとき、陽はすでに手賀沼の上にあった。

雄二の我孫子《あびこ》の家は、その沼の北岸にあり、二階の寝室や書斎からは、堤ごしに水辺の景色がながめられる。埋め立て地なものだから、買うときには地盤沈下を心配したが、眺望のよさが気に入った。

どういうわけか雄二は、海ばかりではなく、湖や沼、川などをみていると、不思議と心が休まった。ひょっとしたら、遠い祖先は漁民であったのかもしれない。

「あなた、何度もうなされていたわよ」

リビングに降りて行くと、コーヒーとトーストの焼ける匂いが混じりあっていた。

「悪い夢をみていたんだ」

「どんな？　わたし、夢なんて生まれてこのかた、みたことないわ」

康子は六歳下の四十歳。小柄で敏捷で、よく動く目を持った女である。スポーツ好きで、週に一度スイミングスクールに通っている。

気分の切り替えが早いし、くよくよしない。その性分がうらやましいと、結婚後千回はおもった。

しかし、夢をみない人間などというものを、雄二は信じられない。単に忘れっぽいだけではないか。その証拠に康子はしょっちゅう捜し物をしている。

夢の内容については、話す気がしない。このところ、うんざりするほど似かよっている。会社がつぶれるものなのである。長引く不況のただなかにあって、会社の再建プランを練るのが仕事だから、こんなことになるのだろうか。残念ながら美人と情事にふける夢はついぞ出てこない。

おまけに、一昨日の黒豹の話も、たぶん悪夢に関係している。

「飛ばし」——と、黒豹はいった。

不良資産隠しのことである。含み損のある会社の資産、たとえば株式を時価のままだれかに押しつける行為だ。会社がそんな粉飾決算をやることがありうるか。それも、経営企画部にいる自分が知らないところで？

まさか、とおもう。

だが、その噂は一部のマスコミで、二、三年前から囁《ささや》かれていたものだ。執拗な取材にたいして広報室は否定したが、実際に記事にした週刊誌もあった。新聞はどこも書かなかった。


「ねえ、顔色悪いわよ。そんな状態で鴨川に行ける？」

トーストを半分かじっただけでギブアップし、コーヒーをのむ雄二を康子が心配した。

「もう株式公開の部署から外れたんだから、黒豹さんの飼育係は終わったんでしょう。行くの断ったら？」

康子はいまもヴィトンを大切に使っているが、それを贈ってくれた男は忘れたようだ。

女はいつだってそうだ。いまあるものは大事にするが、過去のしがらみは、けろっと捨てる。三、四年まえの出来事など、明治維新のころと変わらない。

いかに黒豹が有能であっても、女のこの気まぐれな気性だけは計算外だろう。そう、黒豹には女の心理がわからないのかもしれない。

「あいつとは運命的な出会いなんだ。おれにほかの世界をみせてくれた。これからもみせてくれるかもしれない。だから、行く」

「呆れたロマンチストね。むこうは利用しているだけなのよ」

「けっこう、それで……」

「わたしはヴィトンよりも、あなたが大事なのよ」

どうやら贈り主を忘れてはいないようだった。

「光栄だね」

そうはいったが、それはおれが、いま目のまえにいる稼ぎ手だからではないか。去ってしまえば、明治維新の男になる。

結婚して何年になるのだろうかと、雄二は考えた。……十八年。室町時代だ。倦怠期などという生易しいものは、とうに過ぎた。しかし、おたがいそれを承知のうえで、関係を維持しようと努めている。どんな夫婦だって、きっとこんなものだ。

ボストンバッグを取り出し、一泊の準備をしていると、また黒豹の言葉がよみがえる。

——飛ばし。

おもいをめぐらせつつも、手が勝手に動く。トレーナーと薄いセーターを入れる。下着、そして洗面具。

康子が話しかけてきた。

きまってこうだ。こっちが考えごとをしているときにかぎって無関係なことをしゃべる。

「なんだ?」

つい口調がきつくなる。

「なによ、その怖い目。……あのね、哲也が学校を休みがちなのよ。いっぺんゆっくり、わたしの話をきいて。本当はメル・ギブソンの映画どころじゃないのよ。ねえ、問題を先送りしないで」

先送りか、と雄二はおもった。

図星だった。飛ばしに不登校。どっちも正直なところ、先送りしたい問題だ。

2

家から我孫子の駅までは、あるいて十五分ほどである。昔から雄二にも何なくあるける距離だが、会社帰りにはタクシーをつかうのが、めずらしくなくなった。

いつからだろう？　経営企画部に移った一年少しまえあたりからではないか。とても康子のようにスイミングをする元気はないが、せめてウォーキングの習慣を取り戻さなければならない。それと、節酒、節煙だ。わかってはいるのだが……。

どんな用件にしろ、海がみられるから、鴨川に行くのはいやではない。だが、千葉市の蘇我《そが》まで、電車を三回乗り継ぐのがしんどい。階段を降りるときなど、足がもつれそうになり、手すりのそばを通る。情けない。

蘇我では、タイミングよく特急「ビューわかしお」をつかまえられた。鴨川まで一時間二十分ほど。外房線とはいうものの、しばらくは内陸部を走る。座席を倒し、目をつむる。あっけなく眠りに落ちた。

「……お客さん、安房鴨川ですよ、終点です」

車掌に強く肩をゆすられて、目が覚めた。

ほかの乗客はみな降りていて、がらんとした車両にひとり取り残されている。蘇我から眠りっ放しだったようだ。

伸び上がり、網棚のボストンバッグを取ろうとして、少し立ちくらみがした。電車とホームの隙間をまたぐときには、慎重に足を運んだ。年寄りくさい動作だ。

半年ほどまえ電車で寝ていて、あわてて飛び起きたところ一瞬意識を失い、ホームにうずくまった経験がある。それで起きたての急な動きには臆病になっている。

それ以来、五十歳まで生きられるのだろうかという不安が、雄二の胸に巣くっている。かつて人生五十年といったが、人間本来の耐用年数は、それくらいが限度ではないか。それに、そんなに長生きしたいともおもわない。

ホームに降り立つと、空が抜けるように青い。南国の柔らかな風が、しじゅう頭にかかっている陰鬱な靄《もや》を吹き飛ばしてくれないかと願う。

鴨川はリゾート地として発展し、ホテルやマンションが海辺に立ち並んでいるが、駅はたぶん半世紀前もこうであったろうとおもわれるほどに小さい。駅前のロータリーも、あるかなしかの規模だ。おなじ房総でも、勝浦や館山のように整備されていない。せまい道路をはさんで、むこうに土産物屋などの商店が軒をつらねている。

雄二は駅の売店で、ニコチンとタールの含有量の少ないマイルドセブン・スーパーライトを三箱買った。黒豹と話すときは、タバコの本数が倍になる。

そのとき後ろからだれかに肩を叩かれた。

ふりかえると、黒豹が渋い笑みを浮かべて立っていた。全身から、まばゆいばかりのオーラが発散している。

背格好は、雄二とほとんど変わらない。身長は百七十センチそこそこ、体重は六十五キロ前後。だが、雄二とちがって、筋肉質で引き締まったからだつきだ。顔はどちらかというと小さい。

目は大きく見開いていて、あまりまばたきしないのが特徴だ。いつもじっと何かを凝視している。あるいはまた、思慮ぶかい光をたたえている。

鼻筋はとおっているが、鼻孔はひろい。唇は厚く、いつも固く結ばれていて、頑固な性格をあらわすかのようである。エラも張っている。髪は短く刈ってある。

美男子ではない。スマートでもない。田舎者の風貌だ。

ただ人を引きつけるものがある。それから人を威圧する要素もある。雄二はこの男のまえに出ると、つい気圧《けお》される。まるで小動物が、そう、黒豹に狙われたように……。

黒豹は、この季節にはまだ早い、半袖のゴルフシャツと短パン姿だった。いずれも黒で、もっとも好む色である。スポーツサンダルをはいていた。それも黒。

身なりをかまうほうではない。ブランドにはまったく興味をしめさず、どんな安物でも、派手でなければ、平気で身につける。黒を多く着るのだって、どんな色にも合わせやすいからだろう。

そして、黒は日焼けした顔によくにあう。精悍さが、一段と強調される。

「少し顔色が悪いな」

まじまじと雄二をみていった。

「最近、太陽に当たっているか？」ときいた。

いや、と答えると、

「よし、それじゃあ、潮風を浴びにいこう」

背を向けて、勝手に駅前で客待ちしているタクシーに乗り込んだ。

駅の右手の細い道を車は走った。銀行、魚屋、寿司屋、居酒屋などがひしめいており、左側には海に面してリゾートマンションが何棟もつらなっている。町なかを抜けると、道は海沿いになり、やがて小島が十いくつみえてきた。

「鴨川松島というんだ」黒豹が解説した。「松島を名乗るには、ちょっとばかり数が少ないけどな」

「何とか銀座みたいなものかなあ」

「……ほう、さすが学のある人は、うまいことをいう」

タクシーに乗ってから十二、三分ほどで、太海《ふとみ》という集落に着き、ふたりは車を降りた。

国道をそれてあるきだすと、右手にフラワーセンターのゲートがみえた。観光バスが数台、駐車していた。広大な市営の設備で、房総の四季折々の花がながめられるのだと黒豹がまたも解説したが、もちろん花鳥風月に興味をもつ男ではない。たぶん一度も足を運んだことがないのではないか。

左手のだらだら坂をくだると、にわかに潮の香が鼻をついた。目の下は小さな漁港である。

こぶりの旅館や民宿、漁師の家、商店などが、丘と海のあいだの、わずかばかりの平坦地に寄りそうように建っている。せまい路地に人影はない。

老いた漁師がふたり、陸に揚げた小舟のへりに腰かけて、タバコを吸いながら雄二たちをみていた。

房総のみならず、伊豆あたりの入江の漁港の景色をみていると、雄二はなつかしさを感じる。バブルの狂騒や崩壊とも無縁な、まるで時代に取り残されたような集落。

時間がゆっくりと流れ、人は少しずつ老いていく。

　それは、雄二が日々接している金と相場の世界とはまるでちがう。雄二が住んでいるのは、一日が、一週間がまたたく間に過ぎ、昨日の金持ちが今日は貧乏人になる世界だ。それを支配しているのは……狂気だ。

　漁師が営むらしい土産物屋のまえで、黒豹は足を止めた。

　軒先で焼いているイカとイワシを、慣れた手つきで口に運び、味わった。

「うん、やっぱりセグロイワシが旨いな。あぶらがいい具合だ」と、つぶやいた。

「ほう、お客さん、イワシの種類がわかるんだなや」陽に焼けた初老の主人が目を丸くした。「それはな、おれがとってきたイワシだぞ。うめえべえ？　そうだ、自家製の塩辛もあるぞ、ほれ、食ってみろ」

　態度に親近感がにじんでおり、二種類の塩辛を割り箸につまんで差し出した。

「……こっちが旨い」味わって黒豹がいった。

「わかるか」主人は顔を笑み崩した。

「多少、食い物の商売をやっているんだよ」

　黒豹が種明かしをした。

「何の？」

「何、居酒屋さ」

「そうか。のみに行きてえな。どこでやってんだ？」

セグロイワシとイカの塩辛を新聞紙とビニールで包みながら、主人がきいた。

「東京だよ」

「そうか、残念だな。東京には、五年も行ってねえや」

「こんな旨い魚を食ってんなら、わざわざ来てもらうほどの店じゃないよ」

黒豹には、このようにして、一瞬にして人の心をつかむ何かがあると雄二はあらためて思った。


坂を降りきれば、そこはこぢんまりした浜波太《はまはぶと》の漁港で、あちこちに小さな漁船が係留されている。

何千年かまえ、南から黒潮にのってやってきた海の民のうち、比較的欲望のうすい少数の集団が、漁獲量の多さによってではなく、あまりのいごこちのよさに惚れて住み着き、父祖代々手を加えて、いまのかたちに作り上げたようなおもむきのある漁港だった。

周囲の海岸は岩礁に富んでいて、その変化はみているだけで楽しい。鴨川松島などの比ではない。

二百メートルほどの至近距離に、小島がひとつ浮かんでいる。

「あれが仁右衛門島《にえもんじま》。行ったこと、なかったよな？」

黒豹がきいた。

雄二は黒豹のリゾートマンションには四、五回来たが、知っているのは近くの海岸や、市内の飲み屋ばかりで、こちらにまで遠出したことはない。

「あの島は私有地なんだ。それも、たったひとりの。その名前が仁右衛門さん。日蓮上人が朝日をおがんだ神楽岩があったり、頼朝とも関係がある。だから周囲四キロの小粒な島だけど、観光客が多くおとずれる。たしか昭和天皇が皇太子のときも来られた。……雄《ゆう》さん、歴史、好きだったよな。いっぺん案内したかったたんだ」

憎いことをいって、それからニヤリと笑ってつづけた。

「ゴルフでいえば、ドライバーで届く島だよな。なのに、橋がかかっていない。あそこに行くには渡し船に乗らなければならない。なぜかわかる？」

黒豹はときおり、そのような質問を部下にする。

ものごとを、ぼんやりとみるな。心に感じたものがあれば、なぜかと考えよ。そして、おれならこうすると知恵をしぼれ。

それが、学歴の高くない部下たちに対する、黒豹の教育方法だった。

料理の改良、仕事の手順、店舗の運営方法——すべてについて、黒豹は創意工夫を求める。

もちろん、みずからやってみせる。そして、やらせてみる。褒める。あるいは助言する。

そして、そのたえざる試練にたえ、合格したものが店長を任され、幹部に起用される。

それは部下に対してだけではない。納入業者や内装業者にも、計理士にも弁護士にも、それを求める。雄二も例外ではない。

むずかしい男だと、雄二はつねづねおもう。創意工夫ほど困難なものはないからだ。しかしまた意欲のある人間にとっては、仕事をやるうえでそれにまさる愉《たの》しみがないのも事実なのである。厄介なことだ。

なぜ仁右衛門島に、橋はかけられていないのか。

こんな質問にも、うかつには答えられない。黒豹は頭やからだを使わない者を露骨に軽蔑する。

緊張感——黒豹とつきあううえでは、いつもそれが要求される。鬱陶しいかぎりだ。だがこの四年間の、ともに過ごした経験は重く、雄二はいつしかその緊張感を心地よく感じだしている。

「橋をかける資金が、鴨川市にないからではなくて……」

ほう、じゃあ何だ？　と黒豹は楽しげな顔になる。

雄二は頭を回転させつつ風景をみる。ぼんやりとみるわけにはいかない。風景にヒントがある。

何を感じるか。考えるに値するものがあるか。

漁港の一角に船着場があった。中高年の観光客が列をつくって渡し船に乗ろうとしている。男はみな高齢、女は中年も混じっている。比率は女のほうが多い。ありふれた情景だ。

渡し船には船頭がひとり。補助の男がひとり。いずれも潮風に焼けた初老の男だ。引退したか、あるいは半ば現役を退きつつある漁師にみえる。

仁右衛門島は、たったひとりの私有地だと黒豹はいった。それだけでまれな例ではないか。

突然、閃いた。

「漁師の副業としての渡し船なのかな。それから、島の所有者としては維持管理の費用を取る。それが橋をかけない理由ですか」

黒豹はいかにも愉快そうに、満面に笑みを浮かべた。目が優しく同志をみる色になっている。

「……雄さん、正解だよ」

黒豹は船着場の横の料金所で、ふたりぶんの代金を払った。それからまばたきもせずに、海を凝視していた。その目には暗い炎がやどっていて、雄二は危険な予感がした。

黒豹は船着場を離れて岩場のほうに行ったかと思うと、やおら衣服を脱ぎはじめパンツ一枚になった。黒いシャツと短パンはナップザックに入れた。

「雄さん、これ持ってってくれ」

観光客にまじって手漕ぎ舟に乗ろうとした雄二に、ナップザックを放ってよこした。

「あいつ、何やる気だ？」

まだまだ海水浴には間がある季節である。船頭が気づいて声をあげた。

「おーい、だめだあ。舟に乗らなきゃ、島には渡れねえんだぞお」

黒豹は、しかし不敵な笑みを浮かべ、頭から海に飛び込んだのである。

「……何てこった。いままでいろんな客が来たが、こんな馬鹿はみたことねえや」

船頭は呆れつつ黒豹を追うように舟を出した。

黒豹の抜き手が速い。高校を中退するまで、高知の荒波で鍛えた自慢の泳ぎだ。

小舟に乗った観光客が喜んだ。

「ホーレ、ホーレ」と齢に似合わぬ若やいだ声をあげ、いっせいに黒豹を応援しだす。

船頭はむきになる。黒豹はその先を泳ぐ。

舟は仁右衛門島の船着場に向かう。黒豹はその右手の海岸をめざす。夏場には海水浴場になるという。

「あいつ、いったい何やってる人なんだ？　まさか暴力団じゃあねえんだろうな」

船頭が雄二にきく。

なるほど、いわれてみれば、そういう雰囲気がなくもない。株式を公開している企業の社長のやることではない。

五分ほどで船着場についた。

上陸してから、雄二は食堂や売店の並ぶ通路を抜け、広場を通って入江に囲まれた海水浴場に行った。

黒豹は、すっきりとした顔をしていた。

「また、無茶なことを……」

「海をみていたら、やっぱり血が騒いだんだ」

黒豹はタオルでからだを拭《ふ》きながらいったが、反省の色はない。

反省しない、後悔しない、他人の意見はめったにきかない。——それが黒豹の三原則である。

本質的に周囲の思惑などを気にする男ではない。野生児の面影は、中年になっても消えない。

着痩せするほうなのだろう。体重は多くはないが、肩や胸の筋肉は盛り上がり、腿もずいぶんと太い。腹はほとんど出ていない。なぜか気恥ずかしくて、雄二は思わず目をそむけた。

もう少し脚が長く、端正な顔だちなら、ギリシャ彫刻のようなからだだと形容してもおかしくない。

黒豹は黒いシャツと短パンを身につけると、売店まで行って缶ビールを買い、それから岩場にすわりこんだ。ナップザックから弁当を取り出して雄二に渡す。

「のめばいくらか元気になるさ」

弁当は鴨川名物のアワビちらしだった。酢めしに、薄く切ったアワビと、シイタケやタケノコの煮付けがのったもので、一度は食いたいとおもっていたものだ。

雄二がアワビをつまみに缶ビールをのみ干すあいだに、黒豹はあっさりと二本空けた。口に含まずに、ごくごくと喉に豪快に流し込むのが、黒豹のビールののみ方だった。みていて惚れ惚れする。

もちろん、ビールごときで酔う男ではない。ウイスキーなら一本でも平気だ。歌ったり踊ったりする陽気な酒である。

春の陽光にきらめく海をながめ、潮風に吹かれながらビールをのんでいると、雄二はいくらか気が晴れてきた。

朝食はほとんど入らなかったのに、弁当は意外にも平らげることができた。あっさりした味だった。

「快復しつつあるな」

黒豹が目尻にしわをつくって笑った。

「いや、頭もからだもボロボロに疲弊してますよ」

「そんなことはない。雄さんは、自分でおもっているより、はるかにタフなのさ」

黒豹は人を乗せるのが巧みな男である。自信にみちた表情には説得力があるし、バリトンの声音はきくものの胸深く届く。雄二はまたひとつ、元気をもらったような気がした。

「ちょっと島巡りをしようか」

そういって黒豹はすっと立ち上がった。

広場にもどり、古びた石段を登った。しだいに視界がひらけ、ふりかえると売店や船着場が玩具のようなはかなさで眼下にあった。対岸の漁港とは、まるで川をはさんで向かい合っているかのようである。青く輝く海の面積が、登るにつれてひろくなる。

周囲四キロほどの島だという。

登り切ると、島の唯一の所有者の住居がある。現に住んでいる家の左が、観光客用に開放されている由緒ある建物だ。説明書きには、元禄時代に津波で流された、下の旧宅の残材で再建したものとある。三部屋ばかりの、大きな家ではないが、神代杉の障子の腰板、手斧《ちょうな》削りのケヤキの帯戸などめずらしい。

広縁に腰かけた。

庭もさほどの面積ではない。しかし、樹齢千年をこえるという松、推定六百年の大ソテツなどがある。池には鯉が泳いでいる。まるでべつの時代にまぎれこんできたような錯覚にとらわれた。

　雄二は鬱病ではないかとおもうことがたびたびある。いつも得体のしれない閉塞感にとらわれている。出口がないと日々感じている。どんよりと曇った日などは、とくにいけない。深酒した翌日は最悪だ。

　仕事が仕事だからだろうか。あるいは、長引く不況が、社会の空気を重苦しくしている影響だろうか。このさき、何もいいことがないような気がする。何もかもが破綻しそうな恐怖感がある。自殺願望めいたものまでもが、顔を出すこともある。だが、神経はっきりした原因がわからない。ゆえに病気ではないかと疑っている。

科にいく勇気はないのである。

　いつまでもこうやって庭をながめていたかった。松のこずえをかすかに揺らす風がここちよい。

　本物の木造家屋や年を経た庭園は、なぜこころをなごませるのだろうか。いつも後頭部にあるしこりが揉《も》みほぐされ、からだが軽くなって、疲労感がとけるように感じる。一週間もここにいれば、鬱の気分も治るのではないかとおもう。黒豹は、しかしそのような気分とは、まったく無縁にみえる。天衣無縫に、勝手気ままに、やりたい放題やっている。

いったい、どこで、どうちがってきたのだろう？

東京の私大を出て、名の通った証券会社に入った自分と、高知の高校を中退して、裸一貫で上京して来た黒豹と、なぜこんなにちがうのか。

同い年の黒豹は株式公開企業の社長になり、雄二はしょせんは一介のサラリーマンだ。どうしてこんな差がついたのだろう？　教育とは何をもたらすものなのか。

黒豹は十分足らずで腰をあげた。家の裏手から島の東への道をたどった。彼は軽快にあるき、雄二はいくらか快復したとはいえ、ついていくのがやっとだ。

日蓮が朝日をおがんだという神楽岩に着き、雄二は興味をひかれた。だが黒豹はものの二十秒もとどまってはいない。由緒ある家屋も、神も仏も興味がないのである。

すこしあるくと、上半分が格子になった赤い扉がみえてきた。なかにもうひとつ似たような扉があり、奥はせまい洞窟のようだ。

「源頼朝の隠れ穴だってさ」

黒豹の言葉に雄二は驚いて、格子ごしに穴のなかをみる。拍子抜けするほどに小さくせまい。十畳ちょっとではないか。

「伊豆で挙兵したけど敗れてね、海を渡ってたどりつき、この穴に一夜隠れたと伝えられているんだ」

「こんなところに？」

「そう、負ければこんなもんさ」

黒豹が歴史上の人物に言及することは、雄二の知るかぎりほとんどない。

「こんな穴に逃げ隠れしたところをみると、頼朝は勝算があって反乱を起こしたんじゃないな。博打《ばくち》をうったんだ」黒豹はきっぱりと断言した。「でもさ、ことを起こすときはそんなもんだよ。踏み出さねば、何もはじまらない。単なる臆病者だ。いっぽう踏み出して勝てば、英雄になるんだ」

黒豹は自分にかさねあわせて、頼朝をみているのだと雄二は気づいた。サラリーマンには許されない見方だとおもうと、少しばかり羨ましかった。

黒豹は、雄二の感慨をよそに、さあ、そろそろ帰ろうかと促した。

3

仁右衛門島から対岸に渡り、タクシーをつかまえて、来た道を逆に鴨川市内にもどった。

駅を通り過ぎて七、八分も走ると、二十五階だての細長い白亜の建物がひときわ目立ってそびえている。

この界隈随一のリゾートマンション兼ホテルで、黒豹の部屋は二十階にある。つくりは3LDKで間数は多くないものの、二百平方メートルちかい広さだ。ゆったりしたつくりで、たとえばリビングでは十ヤードほどのパットの練習ができる。浴室も広く、海がみえるのが自慢だ。

一億円をこえる売り値のはずだった。会社の上場時に放出した株の代金で買った。黒豹は七年まえに離婚して以来、新宿は高田馬場のマンションに、ひとりで住んでいる。買ったときすでに十五年以上経過していた中古の物件で、せまい2DKのつくりだ。

衣類にこだわらないのとおなじで、家も住めればいいという考えなのである。だから都内の高級住宅地に豪邸をかまえる気はない。本社にほどよいちかさで、しかもどのチェーン店にも行きやすいという理由から、そこに住んでいる。

そしてその本社だって、神楽坂の酒屋が自分の土地の上に建てたテナントビルのフロアをひとつ借りたもので、社長室などというものもない。大部屋のすみに自分のデスクを置いている。

店舗への投資は惜しまないが、直接利益を生み出さないものに金はかけない。管理部門の人員が極端に少ないのは、雄二の助言によるというよりも、無駄をきらう自身の性格による。美人の秘書を持とうともしない。

「おれはどうも、女にまめに世話されるのが苦手なんだなあ」と述懐したことがあった。

「へえ、あの銀座のバーじゃ、あんなにホステスと楽しそうなのに」

雄二がまぜっかえすと、

「仕事の面では女はいらない。女はめんどうだ」

そんなわけで、女性秘書そのものを置いていない。食品会社から引き抜いた実直な中年の総務課長に、秘書的な役割を兼ねさせている。専用の運転手つき社有車も持たない。出かけるときは、つとめて電車を使う。やむなく車に乗るときは自分で運転する。またはタクシーだ。

つまり、年商百億円をこえ、五十店舗を有していながら、自社ビル、社長室、秘書、そして専用車のすべてを所有していない経営者である。自称、四無主義だ。

この鴨川にマンションを求めたのは、だから雄二の知るかぎり、唯一のぜいたくである。ただ、それを軽井沢や伊豆などの著名なリゾート地にしなかったのが、いかにも黒豹らしい。

仕事が趣味の男が、寸暇を盗んで海をみたり泳いだりする目的に購入したものである。

そういえばふたりのあいだに、あまり共通点はないが、海が好きだというのだけは似ていた。

広いリビングは、数ヵ月まえに雄二が来たときと変わっていなかった。

部屋の中央のガラスのテーブルをかこんで、籐椅子が何脚か無造作に並べてある。壁際に何種類かの酒瓶を収めたサイドボードがあり、その横には大型テレビがある。それだけである。

装飾品は何もない。花は飾られておらず、絵画も掛かっていない。本棚もない。どんな安いビジネスホテルでさえ、もう少し何かがある。ほとんど荒涼というにちかい殺風景な部屋だ。

黒豹は、本といえば、ビジネス書を少し読むくらいだ。音楽はきかない。映画もみない。旅行にもほとんど行かない。

からだを動かすのは好きで、海のみならずスポーツクラブでよく泳ぐ。泳いだあとはサウナにながい時間入っている。そのときは目をつむり押し黙る。その顔は、何やら禅僧の風貌に似ている。

ゴルフはつきあい程度。仲間うちで酒をのみ、カラオケで発散する。まるで世のサラリーマンとおなじだと、雄二はおかしくなる。これならおれのほうが、まだ趣味があるというものだ。

ただ、起業家と会うのは好きなようだ。どこでどう伝手《つて》を頼るのか、どんどん成功者に会いにいく。だが、サラリーマン経営者はあまり好きではないらしい。

マスコミとは接触をもとうとしない。だから立志伝中の人物でありながら、テレビに出ることもインタビュー記事が載ることもない。人物像は謎につつまれている。

もともと孤独が好きなのかもしれないと、雄二はおもう。サウナで瞑想するときの顔をみていると、強くそれを感じる。

ひとり暮らしを苦にしない強靭さと、器用さを持つ男だった。

身の回りのことは、ひとりでやれる。料理だって手早くつくれる。自称「居酒屋のオヤジ」なのだから当然といえば当然だが、新鮮なイカを四杯も五杯も買ってきて、そのワタをからめた炒め物など、あっという間につくる。ふしぎなもので、それだけでいくらでものめるし、ドンブリ飯にかけて食えば、食欲のないときでも、おかわりしてしまうほどだ。

ひとり暮らしに必須の自制心や克己心も、たっぷり持ち合わせている。酒はいくらでものめるが、やめたとなると何日でも禁酒する。上場まえの多忙なときなど、ひとつきのあいだ一滴も口にしなかった。

しかし禁欲的な男かというと、けっしてそうではない。英雄、色を好むの例に漏れなかった。女好きなのである。ただその素顔は、ふたりの腹心以外にはみせない。ひょっとすると雄二と居るときだけ、もっともあけっぴろげかもしれない。親友というのとはちがうが、部下ではない気安さがあるのだろう。

二度ほど、女を口説く場面に同席したことがある。いずれもデートの約束を取りつけるときだったが、食べ物の話で釣っていた。さすがに料理の話はたくみで、女は目を輝かせて誘いにのった。

全然いやらしくなく、強引でもなかった。金や地位をちらつかせることもなかった。

女たちは、たぶん食べ物のほかに、普通の人間にはない黒豹の陽気さや精悍さ、自由奔放さといったものに惹かれたのだと雄二はおもった。

どのように処理するのか、女性関係での後腐れは耳にしたことがない。黒豹はおなじ女とは長くつきあわなかった。遊びと割り切っていたというより、黒豹は女に心を許さないのではないかと雄二はみていた。とりわけ財産目当てなどの打算でちかづく女をよせつけなかった。

離婚したのは、そういう女出入りの激しさが原因ではないだろう。妻は夫の女癖に腹を立てたというよりも、過度の自立心と仕事中毒に愛想をつかしたにちがいない。ふたりの子供は、黒豹に父親の資格がないという理由で、妻が引き取った。黒豹は裁判所で争ったが、子供たちも母親をえらんだ。

雄二は口にこそ出さなかったが、妥当な結論だとおもった。こんな男に女房や家庭はいらない。仕事をしているときがいちばん幸せなのだから、そのようなものはむしろ邪魔だ。女が必要なのは、つかの間の気晴らしのときだけである。

しかし黒豹は、子供にはなお未練があった。

「雄さんは、いいよなあ。家に帰れば、子供が待っているんだからな」

銀座のなじみのバーでふたりだけのときだった。

「つくればいいでしょうが、いくらでも……。私とちがって絶倫なんだから」

黒豹は照れたような笑みを浮かべたが、目にはいいようのない暗い翳《かげ》が差していて、雄二の胸に痛みが走った。バーのほのかな照明が、黒豹の顔を木彫りの像のようにみせていた。

たった一度きりのことだ。あの会話のとき、たしかふたりとも、厄年をすぎたばかりだった。

二十階の部屋からは、鴨川の入江の全貌が見渡せた。ゆるやかにカーブを描く海岸線に沿って、ホテルやリゾートマンションがびっしりと立ち並んでいる。

雄二は海外には数えるほどしか行ったことがないが、この景観をながめていると、いつもグアムのタモン湾をおもいだす。鴨川はあの湾の十分の一ほどの規模で、雄大さという点では及びもつかないが、雰囲気がどことなく似ているのである。

タモン湾を連想する理由はもうひとつあった。黒豹と一緒に行ったからだ。

たまには幹部を慰労するといいだした黒豹が、株式公開まもないころ、ふたりの腹心との旅行に雄二を誘ったのだった。三泊四日の旅ではゴルフを二回やり、あとはホテルのプライベートビーチで泳いだだけだ。

雄二は白とレンガ色を基調としたスペイン風の町並や、古代チャモロの村をみるのを楽しみにしていたから、いくらか欲求不満が残ったのだが、招待旅行とあっては、あからさまに文句もいえない。

黒豹は銀座のバーで騒ぐときとは別の意味で、すっかりくつろいでいた。ビーチに寝そべる顔には達成感がにじみでていた。放心していたといってもいい。つねに走りつづける男の、束の間の休日だったのである。

リビングからは入江の右のはずれに、さっき訪れた仁右衛門島が青く霞んでみえる。その先には晴れ渡った空の下に、太平洋の大海原が水平線のかなたまで広がっている。緑の人工芝を敷き詰めたベランダに、陽光が燦々《さんさん》と降りそそいでいる。開け放った大きな窓から柔らかい風が入ってきて、レースのカーテンをそよがせた。

キッチンから黒豹がマグカップをふたつ持って戻ってきた。ピカソの絵を模したのか、青と黄で描いた鳥の絵の入ったカップだ。雄二がスペインに旅したときに買ってきて、長いあいだ家に置いてあったのを黒豹にプレゼントしたものだ。それを鴨川に持ってきているとは知らなかった。

コーヒーはすこし苦みのつよい味だった。もっとも雄二はブルーマウンテンとキリマンジャロの区別もつかない。ビールや日本酒についても銘柄はわからない。酒ではスコッチとバーボンの差くらいしか識別できない。

黒豹はマグカップのほかに、帳簿を三冊かかえてきていて、それをテーブルの上にどさりと置いた。休憩時間は終わったのである。

黒豹はいまだに雄二をアドバイザーと位置づけている。雄二が同意したわけではない。勝手にそうきめつけているのだ。利用できるものは徹底的に利用する。黒豹の経営哲学のひとつだ。

さすがに店舗の運営方法や料理についてはきかないが、財務戦略や事業計画の意見をもとめる。最近では、投資家や株主向けのＩＲ活動といわれる情報開示に関心がある。機関投資家やアナリストへは、どう対応するか。株主通信やホームページには、どんな内容を盛るか。そんなことがらを議論するのだ。
黒豹や幹部が会社の現状を説明し、雄二が意見を出す。あるいは論点を整理する。それだけならいいが、「雄さん、いまの点、箇条書きでいいからまとめてくれないか。うちの連中がやるといまひとつ焦点がぼやける」などとおだてられ、けっきょく雄二が原稿をつくったりするのもまれではない。そんなとき雄二は、いつも黒豹の会社に出向していたころの苦労をおもいだす。

しかし、きょうの相談ごとは、どうやらこれまでのものとは様子がちがうようだ。だいいち、いつも控えている腹心がいない。

「それをちょっとみてくれないか」

黒豹にうながされて、雄二はテーブルの上に置かれた書類を手にとった。意外にも黒豹の会社のものではない。同業者の営業報告書だった。

営業の概況などの文章の部分は斜めにみた。都内に八店舗をチェーン展開する洋風居酒屋だ。貸借対照表や損益計算書の数字は、たんねんに読んだ。十二、三分かかった。

「どう、その会社?」

試すような目できいた。例の黒豹流のテストだ。

「あまり感心しませんね」

「ほう、どこが?」

「この会社の従業員はかわいそうだ」

黒豹が怪訝《けげん》そうな顔をした。

「銀行のために、一所懸命働いているんですよ、社員は……。不動産投資や投資有価証券が多すぎる。銀行から借りて土地と株につぎこんだ。したがって、いくら働いて利益をあげても、利息や元金の返済として銀行にもっていかれる。よって従業員は幸せになれない。典型的なバブル後遺症です」

黒豹が複雑な笑みをうかべた。

「なるほど、雄さんらしい人情味ある分析だ。……うちの幹部が慕うわけだ」

「銀行がしっかりバックアップしてくれなければ、つぶれますよ。で、メインバンクは?」

黒豹は破綻を噂されている銀行の名をあげ、ふたりはしばし押し黙った。

「その居酒屋の社長が、会社を買ってくれと頼んできたんだ」

そううちあけた黒豹は、まばたきもせずに雄二をみた。獲物を狙う目になっている。

「買値は?」

「一億円。それと銀行に入れている自宅の担保をはずすこと」

「担保の設定額は?」

「知らない。が、どうせばかでかい金額だろうな。銀行は目いっぱいつける」

「買うメリットは?」

「店舗のうち四つばかり、おもしろいのがある。神田、神楽坂、赤坂、新橋。新規につくるとなると簡単じゃない。店舗や料理のコンセプトも参考になる。おしゃれで若い女性にも受けている。うちの弱いところだ」

黒豹のうしろで、鴨川の海が暮れてきた。仁右衛門島が黒い影になっている。

「メインバンクがつぶれたら、どうなるんだろう?」

今度は黒豹がきいた。

「つぶれたあと借入金がどうなるかですね。どこかの銀行が肩代わるか、あるいは回収専門の組織に移管されるか。しかし、この内容じゃあ、どのみち取り立てが厳しくなる。さらに新たに貸してくれる銀行はないだろうから、運転資金に行き詰まる。……つぶれるのを待って、ほしい店舗を買う手もあるでしょうね」

「それはない」黒豹は言下に否定した。「それだとうちのものになる保証がない。それとバラバラになったんでは、会社としての魅力が消える」

黒豹は欲しがっていた。そして欲しいものは何としても手に入れる男だ。

「じゃあ買いましょう」雄二も即答した。

「反対しないのか」黒豹の目が光った。

「反対してもむだでしょうが……」

黒豹は口の端で笑った。

「銀行の借金はどうする？」

「会社を買ったあとで、こちらが返済可能な条件に変更させます。金利を下げ、返済の据え置き期間を設け、二十年弁済くらいにする」

「銀行はとてものまんね」

「もちろん。それでこちらは、反対すれば法的整理を申請して、債務カットの案を出すと脅す」

「それものまない可能性がつよい」

「となると最終的には競売ですが、こちらが現に営業している店を落札する物好きはいませんね。それで欲しい店舗だけを、適正な価格で落札すればいい」

黒豹ははじめて雄二から目をそらした。

「……かなりの荒療治だができるかな？」

そうたずねたが、黒豹はけっして弱気になったわけではない。ふたたび雄二をみる目は、爛々《らんらん》と輝いている。

「ふつうの人間にはむりかもしれませんね。シナリオはだれだって書けるんです。……問題は役者でしてね。役者が大根だと芝居にならない。鬼山さんが演じれば芝居になる」

黒豹なら銀行をねじふせるだろう。まるで赤子の手をねじるように……。

おれはいつから、こんなものの考え方をするようになったんだろうと、雄二はおもった。そう、まぎれもなく、黒豹とつきあうようになってからだ。

「雄さんは変な人だ」

黒豹はショートホープに火をつけた。この部屋に入ってはじめての一服だ。雄二もマイルドセブン・スーパーライトを手にした。

「雄さんはさっきまで死にかかっていた。それがどうだ、仕事の話となるとまるで別人だ」

いわれてみて気づいた。からだに力がみなぎっている。まるで黒豹の発散するエネルギーが、雄二のからだに注ぎ込まれたかのようである。

「仕事中毒ですかね」雄二は自嘲気味につぶやいていた。

黒豹がおかしそうに笑う。

「へえ、知らなかったの?」

「会社には、いやいや行ってるんですが……」

「向いてないいんじゃないか」

「会社が?」

「サラリーマンが、さ」

そうだろうかと雄二は自問した。株式公開の仕事をやっているときは、そうではなかった。仲間と力を合わせ、未上場の会社を公開させるという共通の目標に向かっていれば、それなりに楽しかった。会社が退けてから仲間といっしょにのむ酒は旨かった。

それがどうしたことだろう、経営企画部というエリートコースに乗ってから、いまひとつ身が入らない。経営の根幹にかかわる資料をつくり、役員との接触の機会も格段にふえたというのに、浮揚感がまるでない。贅沢なのだろうか。あるいは、四十六歳という年齢のせいなのだろうか。

「……よし、買おう」

雄二の戸惑いをよそに、黒豹が断を下した。羨ましいほどの自信が全身にみなぎっていた。

4

鴨川の町に出た。

「ちょっとおもしろい飲み屋をみつけたんだ」

黒豹がそういうからには、期待をいだいてよさそうだった。

黒豹は胸をそらし、足早に堂々とあるく。あたりを睥睨《へいげい》するおもむきがある。並んでいて少し気恥ずかしいくらいだ。

「雄さん、姿勢が悪い。猫背になっている。もっと背筋をぴんと伸ばして」

「はいはい、こうですか」

「そう。姿勢が悪いとものごとを暗く考えるようになる。ほら、月をみてごらん。立派な満月じゃあないか」

雄二は両手を上げた。

「どうした?」

「鬼山さんにあの月を取ってやろう、と」

「そう、その意気、その意気」

灯のともる駅前の商店街を通りすぎると、とたんに人がとだえた。昼間、仁右衛門島へ行くときに通った道だ。

小さな魚屋があった。店先の板に、鴨川の海で採れたらしい魚が数種類ならべてある。

軒が触れあいそうな隣家とのあいだの通路に入った。人ひとり通るのがやっとというせまさだ。重ねられたビールケースや、自転車や洗濯機などをよけながら二十歩ほど進むと、紺の暖簾《のれん》の掛けられたプレハブ風の平屋に行き当たった。

なかも外見同様そっけない造りで、六畳間をふたつぶちぬいた広間に座卓が並べられている。ホワイトボードの品書きが壁に掛けられている。それだけだ。生け花なし、絵画なし、装飾なし。黒豹のマンションとおなじである。

カウンターのむこうの調理場から、中年の女が顔を出した。普段着のうえに割烹着《かっぽうぎ》をつけている。

いらっしゃいとあいさつしてお茶を置くが、愛想はよくない。よく陽に焼けた顔で身のこなしが機敏そうだ。

「おもての魚屋がやっているんだ」

注文を終えると黒豹が解説した。なるほど、そういわれてみれば、さっきの女は魚屋の女房の雰囲気がある。

「お客はほとんど地元の人でね、観光客や別荘住まいはやってこない」

青い渦巻の入ったグイ呑みで冷酒をのむ。黒豹は外ではたいがい地酒をのみ、地のものを食う。かたときも商売のことが頭を離れないからだ。

酒は辛口のサラリとした味だった。

「意外におもうかもしれないけど、鴨川はコシヒカリの産地なんだ。大山千枚田という棚田があって、あれは日本の原風景のひとつだな。きれいだよ。この酒はその米でつくったものだ」

さすがに研究していた。

「お客さん、こっちに住んでいるの？　ときどきうちに来るし、いやに鴨川についてくわしいじゃない」

刺身の盛り合わせを運んできた女がたずねた。棚田の話を小耳にはさんだらしい。

「いや、鴨川が気に入って、たまに遊びにくるだけだよ」

あの豪壮なマンションの住人だなどと黒豹は吹聴しない。まして公開企業の社長だなどと威張るのを、雄二はみたこともなかった。小心といっていいほど黒豹は身分を明かさない。

「しょせん居酒屋のオヤジだよ。自慢するほどのもんじゃない」

自戒をこめてか、よくそういう。謙虚さはまぎれもなく美徳だが、そればかりではないと雄二はおもう。他人に嫉妬されるのを怖れているのではないか。いや、それ以上に、欲得で利用しようと近づいてくる人間を警戒しているのではないか。

その傾向は、会社を公開させてから、一層強まったように雄二にはみえる。黒豹はもともと気取らない、開けっぴろげな男だ。しかし、事業の規模が拡大し、公開して世間の注目を集めるにつれて、他人とのあいだに障壁を設けようとしているかのようである。

不自由ではないかと、雄二はおもう。もって生まれた性格に反するのではないか。果たして公開させたことが、それによって得た利潤はともかく、この男にとってプラスであったのかどうか……。

刺身の盛り皿には、魚のほかに拳《こぶし》ふたつ大の豪勢なサザエものっていた。これまで雄二が口にした、ちまちまと薄く切ったものとはちがって、これぞ本来のサザエという味がした。

黒っぽい小片で、獣肉に似た風味のものは何なのか見当もつかず、首をかしげていると、「クジラのタレだよ。房総特産の干物だね」と黒豹が教えてくれた。

白身の小魚を味噌などと叩き混ぜた、なますの一種の「なめろう」が運ばれてきた。房総の郷土料理だ。

それから、アジの叩き。一口つまんで、頭がくらくらするほどに痺れた。一合ちかく入るグイ呑みを、ごくごくとのみ干していた。

「これ、ほんとうにアジですか？　べつの魚かとおもってしまう」

「アジさ、まぎれもなく。ここや九十九里のアジの叩きは日本一だろうな」

「日本一の居酒屋のオヤジがいうなら、まちがいないですね。これを食って地酒をのんでいれば、ほかに何もいらないなあ」

きっと忘れられない味になると、雄二はおもった。

キンメダイの煮付けが、またよかった。過度に甘辛くなく酒に合う。

「魚の食い方は、漁師がいちばんよく知っているんだ」

黒豹がつぶやき、雄二はこの店に来た意味がやっとわかった。

「それを盗む？」

「言葉が悪い。教えていただくんだ」

一升瓶はまたたく間に二本目になった。ふたりで腰を落ち着けてのむと、ほぼ二本は空く。

「さっきの洋風居酒屋、住吉を派遣しようか」

キンメをつつきながら黒豹がいった。住吉は常務で、ほとんど創業以来の腹心だ。

雄二に異存のあるはずもない。

「それはいいけど、むこうの言い値で買いますか？」

「そうさな、雄さんはどうおもう？」

「つぶれかかっていて、しかも厄介な銀行交渉の残っている会社ですからね。一億円はともかく、自宅の担保解除のために銀行にいくら払えばいいか見当がつかない。時価でどれくらいする自宅なんですかね？」

「ああ、それも調べなきゃな。まずは住吉をなかに入れて、実態をみさせるか」

「それと、会計士に帳簿を洗わせたらどうですか。たとえば、仮払金が五千万円ほどあった。不自然ですね。含み損があるかもしれない」

「手配しよう」

黒豹は携帯電話を握って居酒屋の外に出た。

女が「さんが焼き」を持ってきた。イワシを叩いて味噌を加え、ネギを刻んで、アワビの殻につめて焼いたものだ。房総はまさに酒呑みの天国だ。

「あれ、もうひとりのお客さんは、どこにいった？」

「ちょっと用事をおもいだしたらしいよ」

「なんだかいつも、せわしない人だねえ。食うのものむのも、ばかに早い」

「女将《おかみ》さんだって料理が手早いじゃないか」

「性分なのよ。あの人もそうかしら」

「たぶんね。気が合うんじゃない？」

「いやだわ。あたしはおっとりした人が好き。あんたのような……」

流し目でみた。まんざら嘘ともおもえない。

「……アジの叩き、もうひとつくれないかな」

「おや、食欲あるんだねえ」

そういわれて、すっかり快復していることに雄二は気づいた。

今朝、家を出たときは、妻の康子が止めたほどのひどい状態だった。それが黒豹と仕事の話をし、酒をのんでいるとどうして変わるのか。

黒豹は磁気の強い男だ。仕事を引きつけ、人を引きつける。
七、八分で戻ってきた。
「住吉と会計士に連絡した。来週から、かかってもらう」

右のものを左に動かすほどの容易さでかたづけたのである。

5

「何のために、そんなに働くんですか？」

酔いがまわってきてから雄二はきいた。

黒豹は二十四時間働くといっても過言ではない。

酒をのんでいるときでも、仕事の役に立つものはないかと考えている。この居酒屋に来たのだって、自分のチェーン店で取り入れられる地酒や料理がないかという下心があってのことだろう。絶品のアジの叩きを店で提供できないかとか、キンメの煮付けの味を盗めないかとか、どうせそんな計算をめぐらせているにちがいない。

「寝ていても、仕事のヒントが閃くときがある」

そう述懐したことがある。

「ひとつのテーマを考えに考え抜いていると、寝ていても脳が勝手に動いて、何というのかなあ、天の啓示みたいなものが降りて来る」

それはもう黒豹の習慣と化しているようである。

「サラリーマン経営者は、土日はゴルフをやるもんだなんておもっている。おれは三百六十五日、仕事で頭がいっぱいさ」

しかし、会社を公開させたいま、もうこれでいいとおもわないのか。達成感や満足感はないのか。

「何のために働くかって、あらためてきかれてもなあ」黒豹は遠くをみる目をした。

「原点は、安くて旨いものをみんなに食わせたいというところにあるな。雄さんだって、ここで旨いものを食えば、幸せな気分になるだろう？」

「まあ、そうだけど……」

「おれは人が幸せそうな顔になるのをみるのが好きなんだ。だれかがおもしろい比較をしていたけどね、雄さん、ナポレオンは偉いとおもう？」

　質問の意図がわからない。

「それじゃあマーボ豆腐は好き？」

「うん、大好きですね。あなたの店の辛めのやつなんかは意外と酒にも合う。おもしろいものを取り入れましたね」

「あれって、じつは中国四川省の麻《マ》という婆さんが発明したんだそうだ。それで麻婆豆腐という。さて、その麻婆さんとナポレオンと、どっちが人間を幸せにしたとおもう？」

　なるほどそうか。次元のちがう比較ではあるが……。

「おれは自分の欲望のために、人をたくさん殺したナポレオンを偉いとはおもわないし、ナポレオンになりたくもない。また、なれない。しかし、日本の麻婆さんにはなりたいんだ。なって日本中の人に、安くて旨いものを食わせたい。また、日本人の口に合う料理を発明したい。……そう、たとえばトンカツなんてのは、偉大な発明だよ。そのおかげで、いまこの時間にも、幸せを味わっている人はいっぱいいるだろう？　おれが事業をやっているいちばんの理由はそれだな」

　もちろん、黒豹が金儲けに関心のないわけがない。しかし、得た金の使い途の多くは、さらなる店舗網の展開だ。この鴨川にリゾートマンションを買ったのは例外的なことである。

事業を拡大するのは、自分の希望をかなえるためだ。流行《はやり》の言葉でいえば自己実現だろうか。人生の目的が、羨ましいほど明確である。

では、いったいおれの人生の目的は何なのかと、雄二は黒豹をまえにすると、つい自問自答してしまう。おれは何のために働くのか。

生活するため、康子や哲也を養うため、そして我孫子の家の住宅ローンを返すため働いている。それはまちがいない。しかし、おれは本当は何をやりたいのだろう。漠然と会社に入り、サラリーマンになった。とくに就きたい業種や、やりたい仕事があったわけではないから、給料の高いところを物色し、そのなかで社員が善良そうにみえるいまの会社を選んだ。

まだ経済の成長がつづいている時代で、そこそこの大学を出ていれば就職はむずかしくなかった。だれもがサラリーマンになるのを当然と受け止めていた時代だ。学生運動も下火で、ほとんどの学生がブランド企業に入ることを希望した。

入社すると、給料はおそろしい勢いで上がっていった。二十八歳のとき、証券会社の多くの社員がそうするように、おなじ職場の康子と社内結婚した。一応恋愛の結果ではあるが、あとで雄二が振り返ってみると、どうも康子のほうが結婚に積極的であったような気がする。

結婚式と披露宴は都内のホテルだった。そのスタイルが流行しだしたころだ。雄二はできるだけ地味にやりたかったし、中小企業に勤める父もおなじ意見だったが、康子とその両親がホテルを主張した。

白いウエディングドレスを身に着けた康子は息をのむ美しさだった。しかも凛々《りり》しく、近寄りがたい雰囲気さえあった。そんな康子をみていると、これから新しい生活に踏み出すのだという覚悟が伝わってきて、それほどの決意を持ち合わせていなかった雄二は、ちょっと恐怖に似た感情をいだいた。なりゆきで、これからいっしょに暮らすという程度の考えしか持たなかったからである。

おもえば何が何でもこれをやりたいと燃えた経験は、雄二の人生では乏しかった。

披露宴の出席者は百名をこえた。

仲人は上司の西条にたのんだ。雄二の側の主賓も康子のそれも、いずれも会社の上司だった。のみならず出席者は、親類縁者や数少ない学生時代の友人をのぞけば、すべて会社の同僚だった。

披露宴では、新郎も新婦も、優秀な社員であることを紹介し確認する祝辞が延々とつづいた。新郎は将来の役員候補であるなどという、歯の浮くようなスピーチまであった。

それというのも、冒頭に仲人の西条が、新郎の力によって会社はますます発展するだろうと、予言者よろしく宣言したのがきっかけで、それ以降の発言者は安心して過激になったのである。

披露宴はまるで会社の忘年会か、慰安旅行の趣を呈した。部外者はまるで別世界にまぎれこんできた異邦人で、肩身をせまくしているようにみえた。酒が進むにつれて、無礼講になった。つぎつぎに歌が飛び出し、社歌をうたうものまで現れた。

当時四十歳になったかならぬかの西条は、すでに実力者の呼び声が高く、新郎新婦をよそに献杯する社員が列をなした。西条はだれに気遣うこともなく、背を反らして腹を突き出し、満面に笑みをたたえ、差し出されるビールや日本酒やワインを、まるで水でものむかのごとく片っ端から干した。あたかも西条の、来るべき役員就任祝いの予行演習のようであった。

祝宴の進行は遅れに遅れ、ホテルの係員が再三督促し、なかば強権で打ち切りを告げるまでつづいた。そのあと西条は、取り巻きを引き連れ、銀座のなじみのクラブで、三時すぎまで痛飲したという。大いにご機嫌だったらしい。

雄二や康子の両親は、披露宴のありさまに度肝を抜かれた。しかしこれが大会社、とりわけ証券会社というものだと自らを納得させた。そして、息子や娘が会社で大事にされているようだと安堵した。

雄二は三十四歳のとき、いまの我孫子の家を買った。中野区で生まれ育った康子は、隅田川を去り、荒川を越え、中川をまたぎ、江戸川を渡った土地に住むことに難色をしめした。

「利根川のそばじゃないの。渡れば茨城よ。となると霞ヶ浦や太平洋は目のまえね。わたし手賀沼なんて、小学校の遠足できたきりよ」

新婚時代の初々しさは、またたく間に失せていた。

家は手賀沼の埋立地である。

「そんなところの、五十坪の一戸建住宅が、何で三千万円ちかくもしなきゃならないの？」

「まあ、これも好景気の影響だな」

「狂っているわ。あなた、こんな時代がいつまでつづくとおもっているの」

しかし雄二は押し切った。何がしかの蓄えがあったからだ。が、ローンを組むとき、一抹の不安をいだいた。好景気が破綻することはないのだろうか、と。

鴨川の居酒屋で、雄二たちは腹いっぱい食べ、一升瓶を二本空けた。勘定を払う黒豹に女将は、「お客さんたち、いいのみっぷりだねえ。漁師にまけないよ」と変な褒《ほ》め方をした。

満月が動いていて、中空にあった。タクシーを拾い、マンションのまえのコンビニで降りた。黒豹はその店で赤ワインと缶ビールを買った。

このリゾートマンションはホテルも兼ねているため、フロントのあるフロアには自由に入れるが、その先のエレベーターホールに行くには、鍵やカードを差し込まなければならない。マンションの住人の黒豹は、自分専用の鍵を使ってガラスドアを開けた。

黒豹の二十階の部屋からみる入江は黒々としており、仁右衛門島は闇に溶け込んでいた。左右のマンションやホテルの明かりが浮かび上がり、道路沿いに一定の間隔をおいて、黄色い街灯が数珠のように点々と連なっている。開け放った大窓から入ってくる風が心地よい。

「酔っていて頭がまわらないなら、もうひとつの話は明日にしようか」

赤ワインを舐めながら黒豹がいった。

「いや、いま聞きたいですね。もっとも、記憶が消えるかもしれないけど……」

「いや、雄さんはだいじな話を忘れない」

「そうでもないですよ。歳のせいか、ところどころ記憶がとぎれますね」

「それは、どうでもいい話の場合だろ」

そういいつつも、黒豹はまばたきもせずに、雄二の状態を観察する。そして、話してもいいと判断したようだった。

「先週、おたくの鰐淵さんが訪ねてきたんだ」

鰐淵は法人営業第一部の部長である。彼の部は、大口の上場企業を顧客にしており、信じ難いほどの業績をあげている。雄二と同期の出世頭で、将来の扶桑証券を背負って立つ逸材と評価されていた。優秀な営業マンの多くがそうであるように、中背ながら小太りで、押し出しも堂々としている。

「ストレス太りさ」と本人は自嘲気味にいうが、社内外の修羅場を要領よくくぐっている。肝がすわっており、とても雄二にはまねができない。

「何の用件で？」

と雄二がたずねたのは、黒豹は上場にさいして株の放出で儲けたものの、それに味をしめて株取り引きに手を出すことがなかったからである。

「株で浮利《ふり》を追うようになると、居酒屋みたいに地道な商売がバカらしくなるからな」

それゆえ、バブルの崩壊によっても、黒豹は損をしなかったのである。

「鰐淵さんは、株を預かってくれといってきたんだよ」

黒豹は試すように雄二をみた。

「預かるって、いくらです？」

「多ければ多いほどいいってさ。しかし、取り敢えず二十億円。金利分を年に十パーセントつけて、一年後に買い戻すそうだ。だからこっちとしては、銀行から低い金利で借りて、株を預かるというか、買うというか、協力してやっても、利益が出る計算になる」

雄二は、いっぺんに酔いが醒めるおもいがした。猫背と黒豹にからかわれている背筋が、ピンと伸びた。黒豹の目の底を、一瞬、意地の悪そうな翳が走った。

「株の時価は？」

黒豹は答えるのに一呼吸置いた。

「十三億円」

雄二はただちに頭のなかで計算した。会社は十三億円の株を二十億円で売る。そして一年後に二十二億円で買い戻す。

飛ばし！

損失隠しだった。

「受けましたか？」

「断った。知ってのとおり、おれは株はやらない。鰐淵さんは土下座したけどな」

あの誇り高い男が、土下座を？

「なあ、雄さん、いくら上場のときの主幹事証券会社とはいえ、おれのようにふだん取引関係のない男にまで頼みにくるとは、おたくの会社、やばいんじゃないか」

たしかに、黒豹に依頼するくらいなのだから、会社はもっと密接な企業を相手に、大掛かりに「飛ばし」をやっているのではないか。

いつぞやの週刊誌の記事がおもいだされた。

いやまて、会社の行為なのだろうかと自問した。鰐淵個人の損失隠しの可能性はないのだろうか。自分の業績に傷がつくのを隠すために……。

「なあ、雄さん」

黒豹はたしなめるようにいった。

「鰐淵さんの個人的な問題ではないかと疑っていないか」

黒豹には、人の心を読む透視能力がある。

「だが、それはないぜ。そのくらいは、おれにもわかる」

吹き込んでくる夜風が急に冷たく感じられた。

「調べてみるつもりだろ？　だが、慎重にやったほうがいい。上層部がからんでいる可能性が強いからな」

黒豹のバリトンには説得力があった。

雄二はワインを手にした。

「それと雄さん、調査次第じゃ、会社に見切りをつけたらどうだ？　沈む船にいつまでも乗っている必要はない。……なあ、おれといっしょに事業をやらないか」

有り難い話だった。だが、ふしぎと雄二の気分は高揚しなかった。

第二章　出向

1

雄二が扶桑証券に籍を置いたまま、黒豹こと鬼山猛の会社への出向の内示があったのは、年明け早々から世界中を激震が襲った一九九一年だった。

イラクのクウェート侵攻に端を発した湾岸戦争が本格化し、多国籍軍が攻撃を開始したのが一月。この戦争によるイラク側の死者は二十万人と報じられた。

三月に入ると、ソ連の存続の是非を問う国民投票がおこなわれた。ソ連は刻々と解体から消滅へと突き進んでいるようにみえた。戦後の世界の枠組みが変わりつつあった。

国内では雲仙普賢岳が噴火をつづけ、大火砕流のため島原市民が避難を余儀なくされた。それが五月。火山列島の地下で、とてつもない異変が起きているのではないかと、人々はいい知れぬ不安をいだいた。

そして――。

雄二の属する金融界では不祥事が相次いだ。

イトマン事件でその経営者が逮捕されたほか、住友銀行の実力者である前会長が取締役を辞任した。架空証書による金銭の詐取が続発し、女性料亭経営者などの例では一千億円の単位にのぼった。

証券会社も例外ではなく、暴力団組長への融資が発覚。さらに大口顧客への損失補塡が明るみに出た。ついこのあいだまで、証券会社一社で五千億円などという空前の利益をあげ、沸き立っていたのが嘘のような凋落ぶりだった。一時四万円ちかくまで上がっていた株価は暴落した。

連日マスコミで報じられる事件に、世の中は騒然としていた。何かが変わりつつあった。だれもが金持ちになれるかもしれないという幻想が、崩れ始めた年である。行き着く果てがどこなのか、それはわからない。

そんなさなかでの異動の話だった。雄二にとっては、四十二歳にしてはじめての出向になる。

雄二は公開引受部で、部長の下の次長の地位にあった。とりわけ出世欲の強いほうではなかったが、運がよければ数年後、部長になれるかもしれないと漠然とおもっていた。あわよくば役員の目だって、ないわけではない。

いや、社内の地位へのこだわりは、さほどでもなかった。将来性ある会社を株式公開させる仕事や、当時注目されだしたM&Aと呼ばれる合併・買収の仲介業務が気にいっていた。知識や経験が積みかさなるのは喜びだったし、仲間との連帯感は上下関係をこえて深まっているころだった。

雄二を法人営業の部署から引き抜いて株式公開の仕事に回したのは、名古屋支店時代の上司であり、当時は公開引受部門の担当常務にのぼりつめていた西条である。雄二の結婚式の仲人でもあった。

雄二は自分が人に優れて冒険心に富む男だとはおもっていない。ほどほどの大学を出て、ほどほどの会社に就職し、大過なくすごせればそれで不満はないのである。だから、公開引受部という新たな職場にうつることに、あまり魅力を感じなかった。

しかし、西条は有無をいわせなかった。

「証券マンも、これからは専門性をもたねばならん。のんべんだらりと営業をやってりゃいい時代は、もうまもなく終わる。おまえは公開引受のプロになれ」

雄二はそんなものかとおもって、部を移った。

それから数年、かつてないほど研鑽《けんさん》した。夜はつきあいがあるから、朝の三時か四時に起きて証券取引法や商法、会計や財務の本をむさぼるように読んだ。勉強がそんなに好きではないとおもっていたのだが、つづけるうちに、しだいにおもしろくなっていったのは意外だった。

もうひとつ意外なのは、自分は親分肌ではないから人の上に立つのは向かないときめつけていたが、実務をつうじて部下を育てる面で適性があるのを発見したことだった。雄二の公開引受チームは日に日に結束が強まっていき、雄二自身のおだやかな性格にもかかわらず、いつからともなく「猪狩軍団」などと業界関係者に呼ばれるようになっていた。それにくわえて、客先の受けもよかった。株式公開させた会社の経営者のなかには、その後も親交をたもつ人が何人もできた。

そんなところで突然の出向の内示である。しかも、よりによって居酒屋チェーンだという。

次長クラスが出向するのは、会社ではあまり例がない。出世街道から外れることを意味しないかと、さすがの雄二も逡巡した。そして、それまであまり意識していなかったが、自分のなかにある出世願望に、雄二ははじめて直面した。

上司というよりも頼りになる兄貴分を失う部下たちは、露骨に憤慨した。

「むちゃくちゃな人事でっせ。こないに会社に貢献してはる人を出すやなんて……。猪狩はんが抜けたあと、ぼくらはどないすればええんですか。部長なんか当てにならへんから、役員にでも社長にでも直訴しまっせ」

四つ下の、猪狩の代貸しを自任する課長の内海は、小太りのからだを震わせてりきんだ。

「まあ待てよ。それはおれの流儀じゃない。……それに上には上の考えがあるんだろうよ」

そういってとめたが、もちろん納得したうえでのことではない。

2

出向の内示があって数日後の晩秋の土曜日、雄二は悶々とした気持ちをかかえて庭に出た。

五十坪ほどの敷地だから広い面積は取れないが、雄二は半分を芝生にし、残りの半分には梅やツゲ、キンモクセイ、ヒメリンゴなどの木を植えた。当初は丈も低く細かった木々も、七、八年たつうちにそれなりに格好がついて落ち着いてきたから、生命の不思議さを感じないわけにはいかない。

「こっちはこれから衰えていくいっぽうだというのに、植物はしたたかなものだな。ものいわずとも確実に生長していく」

庭木の手入れをしている康子にそう声をかけたとき、

「何いってるの。私が水をやったり消毒したりしているから、大きくなってるんじゃない。何だって手をかけなきゃだめなのよ」

と睨まれたことがあった。

仕事人間の雄二は、家事はもちろんのこと、哲也も庭木も、康子にまかせっぱなしである。

庭の低いフェンスのすぐむこうは、桜や柳の植えられた、気分のいい遊歩道になっている。雄二は引越し早々、そこにすぐ出られるようにフェンスの一部を開閉式にした。遊歩道をいわば庭の一部に取り込んだのだ。

この一帯は、一戸建住宅の数が七百とも八百ともいわれる大規模団地だが、雄二がとくにいまの区画を求めたのは、この遊歩道が気に入ったからだ。

たとえば桜の季節などは、家にいても花見ができるが、遊歩道に出れば樹の下の芝生で酒盛りするのも容易である。好都合なこと、このうえない。満開時には、隣近所の六家族とバーベキューを楽しむのが春の定例行事になっていた。まだ小学生だった息子の哲也や、遊び仲間も喜んで参加する。

その隣人たちは、ほとんどが東京に通うサラリーマンだ。不動産、工作機メーカー、化学品商社、食品問屋、銀行、出版社。なぜか古い企業が多い。

出身地もまた、ばらばらだ。弘前、秋田、福島、相馬、宇都宮、静岡。東北勢が多いのは、茨城にかぎりなくちかい千葉に、かれらが違和感や抵抗感をもたないせいだろう。雄二だって、いちおう東京とはいうものの葛飾区の育ちで、東京の北東のはずれになる。千葉はすぐ隣りだ。

ただおかしいのは、かれらの妻は東京者が多いことだ。就職で東京に出てきた男が、寂しさのあまり東京の女につかまったのだ。

もっとも雄二とて、職場の女につかまったのだから、大きなことはいえないのだが……。

男どうしでも、この時代、奇跡的ともいうべき近所づきあいがあるのは、境遇が似ているせいがある。

金持ちはひとりもいないようである。譲り受けた莫大な遺産の話はだれもしない。家はローンを組んで建てている。ということは、たぶん定年まで借金を返済する運命にある。中年期を迎えた男たちの顔には、それを甘受すると決めた者だけの悲壮感と諦観が滲《にじ》み出ている。

もちろん給料には多少の差がある。雄二は上の部類だろう。出版社や銀行、不動産会社に勤める者も上だ。だが、生活は一様につましい。おなじようなものを着て、おなじようなものを食べている。車だって似たような車種だ。つまり、頑張って働いて、かつまた定年まで働くことを覚悟し、さらにそこそこの幸運に恵まれれば、このような生活ができるという程度の生活を送っているのだ。

そういう時代だったと雄二はおもう。経済の成長が、おれたちのような階層、つまり中流というものを生み出したのだ、と。

しかし親しくつきあうにもきっかけというものが必要で、雄二たちの場合はテニスだった。静岡出身で、出版社に勤める野々村が大のテニス好きで、奥さん連中のルートをつうじて、仲間を募集したのである。日ごろ運動不足に悩んでいた男たちが、それぞれの妻に背中を押されて参加することになった。

野々村は積極的な男だ。市営のコートを二時間五百円で借りられるのを発見し、毎週日曜日を例会にすることを提案した。ひとつきまえのコートの予約は、妻たちが交互に管理事務所の窓口に並んで取ることになった。自然に彼女らもテニスをやるようになる。

野々村は仲間うちでは年長で、雄二よりひとまわり上の五十すぎの男である。会社の西条常務と同年だ。世話好きな性分で、初心者の雄二や妻たちにも親切にテニスを教える。それがこの団結が長続きしている原因だ。

「野々村さん、会社ではなかなかの実力者みたいよ」と康子はいうが、ちっともそうはみえない。雰囲気が若々しく、しかも飄々《ひょうひょう》としている。

幅六、七メートルの遊歩道のむこうは、背よりやや高い堤である。その先には手賀沼が広がっている。

雄二は遊歩道をしばらくあるき、堤の上に展望台ふうにしつらえた四阿《あずまや》に登った。そこからは手賀沼が一望できる。

志賀直哉やバーナード・リーチが住んでいたころとは眺望は一変し、水質という点でも評判のよくない沼ではあるが、朝な夕なに表情を変える景色はみていてあきるということがない。

四阿には先客がいた。陽光にきらめく沼をながめながら、葉巻をくゆらしている。野々村だった。

雄二は横に腰をおろし、タバコに火をつけた。

「今日はお休みですか」と野々村にきいたのは、出版社の勤務が不規則で、土曜日でもしばしば出社しているのを知っているからだ。

「一冊、本が仕上がってね。それでほっとしているところですよ」

そういえば、野々村の顔はいくらか憔悴していて、かつ虚脱感が滲んでいる。

「どんな本です？」

「恋愛小説。中年を主人公にしたやつ。そうそう、雄二さんぐらいの年齢の男だよ」

「売れそうですか」

「いや、だめだろうね」

みょうにきっぱりいった。

「本が読まれなくなった。以前は三泊四日だったけど、ちかごろは日帰りなんだよ」

「何です、それ？」

「書店はこのあいだまで四日は店に置いてくれたもんだが、こんな本は売れないと判断すると、いまどきは並べもしないでその日のうちに返本してくる。で、返本率が四割にもなる」

はじめてきく話だった。

「なんでまた、そんなに売れないんです？」

野々村はおかしそうな表情をした。

「日本人が金儲けに熱中しているからだろうね。不動産や株に投資して、濡れ手で粟の大金を稼げるとおもってしまった。……いや、失礼。雄二さんの商売を批判しているんじゃないよ。人が豊かになるのは悪いことじゃない。ただ、何のために金を儲けるのか、そこのところがわからないまま、みな暴走しているね。本などを読んで考えたり楽しんだりしようとはおもわなくなった」

野々村は葉巻を吸ったが、何だか苦い薬でものむようだった。テニスコートの上で潑剌と動いているときとは別人の顔である。

「日本人は変わってしまったんですかね」

つい引き込まれて、雄二はひとまわり上の年齢の野々村にたずねた。こんな会話をするのははじめてだった。

野々村はイギリスの政治史に興味をもっていて、暇があると現地に出かけていくらしく、飲み会の席などではまれにその話を披露することもあったが、基本的には陽気なテニス好きだとばかりおもっていたのだ。それが意外に深刻な顔をしている。かれこれ七年もつきあっているのに、うかつといえばうかつだが、こちらが本当の素顔かもしれなかった。

「戦後、金儲け一辺倒で来て、それが頂点に達したということだろうね。昨今の金融不祥事も、その現れだね。金のためなら何をやってもいい、暴力団と手を組んでもいいとおもうようになってしまった」

証券会社に身を置く雄二としては、耳の痛い指摘だ。

暴力団への多額の融資だけではない。大口顧客への損失補塡で、営業停止処分を受けたのもつい最近のことだった。貪欲に利益を求めたのは、銀行や証券だけではなく、一般の事業法人もそうだったのだ。

「どうも一九九一年になってから、世間の様子が変わってきたね。まだまだいろいろな問題が起きるような気がする。これまでのやりかたを変えなければならないんじゃないの」

「どういうふうに?」

野々村は首を横にふった。

「わからないよ、そんなむずかしい問題は……。でもおおざっぱにいうと、有名ブランドの大企業が、しゃにむに利益を追求する時代は終わったんじゃないのかな。あるいはまた、戦後果たしてきた役割が終わった」

「有名ブランドの大企業はいけませんか」

「ああ、いけないね」

「どこがです？」

「国のかたちを歪《いびつ》にするような凶暴な力をふるうようになった。自らをコントロールする知性を失ったみたいだね。なぜだろう？　金儲け第一主義のためだろうか。あるいはまた、これが大企業病というやつかな。よくわからない。でも、知性をなくした組織は、遠からず自壊するとおもうよ。企業は外圧によってつぶれるんじゃない。企業をつぶすのは自分自身じゃないか。個人をだめにするのが、個人自身であるのとおなじように」

野々村はいつの間にか弟に話すような口調になっていた。

「やはり大企業のサラリーマンにも問題があるんじゃないかな。あまりいいたくないが」

「というと、われわれのことですか」

「ねえ、われわれのテニス仲間には大企業も中小企業もいるけど、大企業ほど元気がないとおもわない？」

いわれてみると、そんな気がしないでもない。

もちろん全部が全部そうではなかった。大手不動産会社の藤川は元気そのものだ。担当している地上げの話などおもしろく、おおいに笑わせてくれる。雄二と年齢もちかく、たまには新橋でのんだりする仲だ。しかし、それ以外の大企業族は、テニスコートでは潑剌としているが、背広姿で出社するときは肩を落としてくすんでみえる。

「大企業のサラリーマンに、魅力がなくなったんじゃないか」

と、野々村は重ねた。

「具体的には、どんなところでしょう？」

「会社内部のことばかり気にしているね。給料は上だろう。でも、従順で自己主張しない。意見がない。きっと会社で上司の顔色ばかりうかがっているからだろうな。無口で疲労しきった羊の群れに、ぼくにはみえるよ。同僚とのむのが唯一の趣味だな。ここの仲間はテニスをやるだけましだけどね。……休みも取っていない。映画をみない。展覧会にいかない。音楽会にも。旅行もなし。あのさ、サラリーマンの半数ほどが、年に一回も国内旅行していないってのを知ってる？　イギリスなんか絶対にいかない。ぼくがあの国について喋っても、興味をしめしてくれるのは雄二さんだけだ。

……それから、本を読まない。これがもっともよろしくない。だからぼくらの業界は困る」

おもわず雄二は苦笑したが、笑ってすむ話ではない。ほとんどが雄二に当てはまるではないか。

「みながみなそうでもないでしょう。それに、いまの点は、サラリーマン全般に共通していて、べつに大企業だからではないでしょう？」

辛うじて反論した。

「うん？　あ、そうか」

野々村はちょっと虚を衝かれた様子になった。

「ねえ、こういうふうにはいえないだろうか」野々村は慎重なものいいをした。「大企業の人は、じつは会社がつまらないんじゃないか。ぼくはどうもそんな気がする」

「大きな組織の小さな歯車ということですか」

「うん、そうともいえる。会社全体がみえないし、会社に自分がどうかかわっているか実感がない、とかね。それだと仕事に充実感を持てない」

ちょっとばかり反発したい気分が雄二に生じた。おれは多少の充実感をもっていた。少なくとも、このあいだまでは……。

「それから、社員どうしの競争が激しいというのも、会社がつまらない原因のひとつかもしれないな」

野々村は分析をつづけた。

「上になればなるほどポストが限られてくるから、いきおい競争もきつくなる。上司に逆らえなくなってくるし、足の引っ張り合いもでてくるんじゃないか。大企業の人は出世欲がつよいから、昇進競争に負けると、とたんにやる気をなくす。出向で外に出されるとなると、人生は終わったと感じる」

出向うんぬんといわれ、雄二はどきりとした。おもわず赤面していた。

「しかし、それはどんな組織にも共通する点でしょう？」と、少しあわてていった。

「どうかな。中小企業はそんな出世競争をやっていたらつぶれてしまう。仲間と連帯感をもって、会社をもりたてていこうという意識が、より強いんじゃない？」

そういえば化学品の専門商社の黒埼や、食品問屋の桜井は、よく会社の仲間とゴルフをしたりのんだりしているようであった。雄二は三、四回、メンバーが足りなくなったときなど、黒埼や桜井に誘われた経験がある。あのときに感じたものは、かれらの仲のよさだった。

雄二だってもちろんいい後輩に恵まれている。

それに証券会社は、たとえばおなじ営業店で働いていると、ノルマがきついこともあってか、おたがいにかばいあって営業マンどうしの連帯感は強まる。そこは野々村のいう大企業と少しちがう。

しかし、競争心はたしかにある。営業店がちがえば、その意識はつよい。部署が異なれば、つきあうこともあまりない。

黒埼や桜井たちは、まるでみな家族のような感じだった。だがそれが、はたして単純に美点だといえるかどうか。べとべとした人間関係は、むしろ息苦しい面もあるだろう。

もっとも、野々村は家族的なつきあいがいいとはいっていない。大企業の構図を指摘しているだけだ。だいいち野々村のようなインテリが、それを欲しているともおもえない。

3

野々村が出向について触れたため、雄二は自分のそれを切り出してみようかと思いついた。

もとより、野々村に相談するようなことがらではない。テニス仲間には、会社や仕事に関する話題は避けるという暗黙のルールができあがっていた。

なぜそうなったかはわからない。とくに取り決めたわけではなかった。たぶん会社や業種がみな異なるから、個別的な企業の問題をしゃべっても、だれも興味をいだかず、自然と避けるようになったのだろう。あるいはまた、テニス仲間とまで仕事の話はしたくないという気分を、だれもが持っていたからかもしれない。

こういう状態だと、年に何回かやる飲み会では、話題にこと欠くことになる。

雄二は少しは本を読み、映画もみるが、この程度の趣味であっても、おなじ本や映画に接した人でないと話は盛り上がらない。まして、野々村のイギリス旅行の経験など、だれもが退屈そうな顔をする。

いきおい話題はウィンブルドンなどの試合に限られてくる。あるいはゴルフや野球など、日本の平均的な話題になる。だが、そちらになると、野々村も雄二もあまり興味がない。

食べ物の話は出る。しかし長くつづく話題ではない。食べ物について他人に聞かせる演説をぶつには、よほどの力量がいる。それに、接待でまれに名店にいくことはあっても、日常的にはたいした店に通ってないようである。

どういうわけか女の話はしない。みな恐妻家らしく、何かの拍子に妻に知られるのを怖れているからか、それとも特別な体験がないからか。両方ではないかと雄二はみている。もっとも不動産会社の藤川からは、今度ロシア人の美人ホステスがいるバーにいこうと誘われたことがある。残念ながら、それはまだ実現していないが……。つまるところ、善良で真面目ではあるが、自分の会社や仕事以外には、基本的に興味を持たない仲間たちなのである。

風がいくらか冷たくなった。

ヨシやマコモの茂る水辺ではオナガガモが群れて泳いでいる。空にはユリカモメが数羽舞っている。冬がちかい証拠だ。

「じつは出向の内示がありましてね。……野々村さんの分類でいえば中小企業、それも飲食店のチェーンです。株式公開の手伝いをするんです」

雄二は意を決して告げた。野々村は目を逸らして手賀沼をみた。

少しばかり沈黙の時間が流れた。

「……あまり出向を歓迎していないようだね」

雄二に向き直って、野々村が図星をさした。雄二は力なくうなずく。

「なぜ？」

野々村は無神経な男ではないが、核心を衝くときは容赦しない。

しかし、いましがたまで、たっぷりと大企業サラリーマン批判をきかされたあとでは答えにくい。

雄二は医者のまえにすわった患者のような気分がした。ありのままに症状を告げなければ、どんな名医であっても診断を下せないように、野々村の意見は引き出せない。

「部下たちと仕事をやっているいまが楽しい、というのもあります。……しかし、いちばんの原因は出世欲でしょうね。本社を離れ、居酒屋チェーンに出向したのでは、出世コースをはずれるのではないかと怖れているんです」

口にしてみると、さすがに恥ずかしい。

「雄二さん、出世は順調だった?」

「まずまずといったところですね」

「で、このさきも出世したい?」

「たぶん……。それを願わないサラリーマンなんていないんじゃないですか」

野々村は二本目の葉巻に火をつけていった。

「ぼくはべつに出世したいとおもってないよ」

嘘だろう、と雄二は胸のうちで反発した。きれいごとではないか。

出世して権力を握り、おもう存分腕をふるう。おろかな上司の指示に従う必要もない。多くの部下を動かせる。給料だって上がる。快適な生活が送れる。だれだって、それを望むのではないか。

「出世して、雄二さん、何をやりたいの？」

「…………」

ぐっと、詰まった。

話が嚙み合わない気がした。野々村とはもう少しわかりあえるとおもっていたが……。

「じゃあ野々村さんは、会社で何をやりたいんですか」

「単純きわまりないね」あっさりいった。「いい本を出したいんだよ。それだけ」

異星人をみるおもいがした。

「さっきの話のつづきになるけれど、出世欲にはかぎりがないよ。そのうち、それがひとりあるきする。自分の言動の基準になる。それがサラリーマンの宿痾《しゅくあ》のもとだね」

おれは、本当は何をしたいのだろうか。雄二は自問した。

「……ぼくは、非公開の優良な企業を見出して、世に出したいんです」

雄二は、やっと脳の奥から答えを引き出した。

「バブルが崩壊したいま、新しい企業の血を、日本経済のなかに注ぎ込まないと、この国はじりじりとだめになるような気がするんです。活力があって、明日のこの国を支える企業をみつけたいんですね。おおげさにいうと……」

「それを、いまの大証券のなかにいたままで、やろうというの？」

「ええ、これまでも多少はやってますし」

「ぼくは経済のことは不勉強だけど、これだけ銀行や証券の不祥事が発覚したあとで、できるのかな。反動で会社が萎縮してしまって、あと十年やそこらは身動きがとれないってことにならないの？」

「いえ、こんな時代になってしまったから、それをやらないと活路は開けないとおもうんですよ」

「それならいいけど……」

野々村は目を細めて葉巻をくゆらした。

「逆に、こんな考え方はできないのかな。こんな時代だからこそ、その非公開の居酒屋チェーンに飛び込んで、株式公開の手伝いをするのも意味があるのじゃない？　大企業にいて外から指導していただけではわからない経験が積める。能力も上がれば、世間も広くなる。ちがうかな?」

野々村は、ちょっと悪戯《いたずら》っぽい目をした。

――野々村さんは、浮き世離れしているのではないか。

雄二は、反射的にそう感じる。

大企業やそこに勤めるサラリーマン批判といい、出向の勧めといい、理屈としてわからないでもなかったが、だからといってほかの場所にユートピアがあるとはおもえない。

だいいち中小企業なら、労働時間は長く、休みだって取りにくいだろう。会社から補塡があるから、雄二の給料は下がらないが、賃金の格差がある。倒産の危険だってあるではないか。いや、何よりカルチャーがちがうだろう。

反面、いまの会社は、それなりに安定している。多少の不満はあるにせよ、似たような経歴や気質の人間の集団だ。仲間もいて、居心地も悪くない。将来設計だって、自分なりにできる。ローンを返し、哲也を大学にやる。退職金で家を建て替え、あるいはどこかに、テニスをやれる別荘だって持てるかもしれない。

サラリーマンとしての生涯を、この会社で終えるとすれば、何もよその世界を知る必要はない。

野々村は出版社勤務だから、満員電車にゆられて朝早く出勤するわけではないし、上司にしばられているようでもない。本が売れないなどと嘆いてみせるが、ノルマもきつくなさそうだ。普通のサラリーマンにくらべれば気楽な職業にみえる。給料だって高そうだ。自分は安全な場所にいて、高等遊民的な議論をもてあそんでいるだけではないか。

「雄二さん、いまいくつ？」

雄二のおもいを知ってか知らずか、野々村が柔和な顔でたずねた。

「……四十二ですが」

「ぼくの理解しているかぎりでは、会社のなかで順調にやってこれた人は、四十前後までは、それまで蓄積してきたノウハウや体験でやりすごしていくことができる。自信も持てる。仕事もおもしろい。いまの雄二さんがそうだろうね」

そのとおりだ。ただし、出向の内示が降って湧くまでは……。

「でも、それ以降はそうはいかない。出世競争ではじかれる。会社で得たものが社外では通用しなくなる。あるとき、それに気づいて愕然とする。……だから社外と接触をもって、いちど自分を見直すのはいい機会だとおもうんだよ」

何だか妙に説得力があった。編集者の吐ける台詞《せりふ》とはちがうのではないか。

「野々村さんは、どうして、そんなことを知っているんですか？」

野々村は半白の長髪に手をやって、これまでみせたことのない、微妙な顔付きをした。

——そうだったのか。やっと、わけがわかった。

「野々村さんは、いくつのときまで、大企業に勤めていたんですか」

野々村は、アハハと声をあげて笑った。照れたような、愉快そうな笑顔だった。

「そうか、ばれたか。雄二さんは、みかけによらず油断がならないねえ。いまの雄二さんよりは、いくつか若かったかな」

また葉巻を吸って、遠くをみる目をした。手賀沼の彼方をながめるというより、自分の過去を振り返る目つきだった。

「ついでにいうけど、雄二さん、出世なんて自分でおもっているほど、たいしたことじゃないんだ。本当だよ。これからの時代は、さらにそうなるんじゃないかな」

風がいっそう冷たさを増していた。

ふたりは四阿《あずまや》を降り、桜の紅葉の散り始めた遊歩道をあるいて、それぞれの家に向かった。

4

「冷えてきたわねえ。北海道では初雪が降ったそうよ」

夕食の支度を終えて、康子がいった。

「それで鍋にするのをおもいついたってわけだ」

「ふふ……、当たり」

康子は反射神経で動く女だ。何かをみたりきいたりして、ぱっと感じれば、ぱっと反応する。

もっとも女性はみなそうかもしれない。だが、一般論化するほど、雄二は女性経験が豊富でない。

鍋物は雄二の好物である。

湯豆腐で温燗《ぬるかん》をやりながら、昔、何かの本で、たまたまみつけた久保田万太郎の、
湯豆腐やいのちのはてのうすあかり
などという絶唱をおもいだしていると、もうそれだけで静かな満ち足りた気分になれる。金銭へのこだわりや出世の欲、それに康子に対する何がしかの不満も、溶けて

消える。

タラちり、カキ鍋、うどんすき——鍋物は何でもいい。それに入れる水菜やセリのしゃきっとした歯ざわりも好きだ。

この夜は寄せ鍋であった。

焼酎のウーロン茶割りをのむ。康子もつきあう。四、五杯はのめるくちだ。

「ホタテばかり食べてないで、もっと野菜を食べなさい」

康子はひとり息子の哲也の取り皿に、白菜、ネギ、シュンギクを押し込む。

「うるさいなあ。ぼく、シュンギク、きらいだ」

「だめ、何でも食べなきゃ、健康にならないわよ」

「ならなくったっていい」

「なに、そのいいかた。ほら食べて」

シュンギクを箸につまみ、哲也の口に持っていく。だが、手の甲で払いのけられる。シュンギクがテーブルに落ちた。

康子がはっとして息をのむ。

哲也は椅子を鳴らして席を立った。ドンドンと階段を上がっていく。自分の部屋にこもるのだろう。

「ねえ、あなたからも注意してよ。あの子、四年生になってからいやに反抗的なのよ」

「反抗期なんじゃないか。すこし放っとけよ」

「そうはいかないわよ。もともと、か細いんだから……。丈夫にしようと思って、スイミングスクールにいれたけど長つづきしないし、根気がないのよねえ」

「ひ弱で繊細で、スポーツが得意じゃないんだろ、おれみたいに」

「それだけじゃないわよ。学校だってきらいになったみたい。成績は下がりっ放しなんだから」

「そっちはおまえに似たんだろ」

「あなた！」

頭に角がはえた。

昔はこんな怖い女ではなかった。おっかないから家内というらしいのだが……。

「のんびりしている場合じゃないでしょう。もうすこし、子供の教育に真剣になってよ」

康子は声を強めた。哲也への不満が、雄二に向かってくる。

「おれはいつだって真剣なつもりだけどな」

「よくいうわよ、家庭のことなんか、ほったらかしのくせに」

「…………」

雄二は黙ってウーロンハイをつくった。つい濃くなる。

「わたし、子育てに自信ないわ」

のむにつれ、康子は涙声になった。

「若いころは、こんなじゃなかったわ。もっと陽気でまえ向きだった。独身のときなんか、みんなに好かれていたし、まわりに男はいっぱいいたわ。それが、どうして変わってしまったのかしら」

雄二と結婚してからだ、と言外にいっている。

「いまだってじゅうぶんにまえ向きじゃないか。ヴァイオリンを弾いているし、スイミングにも通っている。テニスだっておれより上手《うま》い。それに比べれば、おれなんかほとんど鬱病だよ。趣味といったって、少し本を読むくらいだ」

「あなたと比較しても、何の気休めにもならないわ」

「ちょっとのみすぎじゃないか。なあ、もうめしにしよう」

「いや、のむ。あしたは日曜日だし、今夜は徹底的にのんでやる。子供も亭主もあてにならない。話し相手は酒だけ……。わたしもうすぐキッチン・ドリンカーだわ」

雄二の頭に、嫌な光景が浮かぶ。台所に立ったままの康子が、料理用の安ワインをらっぱ飲みする姿が、妙に現実味をおびて想像された。

「きみは立派にやってるよ。おれはいつも感謝しているんだ。おれが仕事に集中できるのは、きみのおかげだ」

酔いが回って焦点のぼけた目で康子は雄二をみた。瞳が小刻みに動き、いうべき言葉を探している。

雄二は危機を察知し、急いでつけくわえた。

「会社にいても、外でのんでいても、きみのことを片時も忘れたことがないよ」

われながら、いいすぎだった。

「へえ、そうだっけ？」

康子の顔が、ゆっくりと変形していく。

「もちろん」

腹に力をこめた。ここで怯《ひる》んではならない。

「嘘つき！」

康子の目尻や口が裂け、夜叉《やしゃ》の形相になった。

「嘘なんか、ついていない」

「じゃあきくわ。哲也が生まれたとき、赤ん坊用のちっちゃな毛糸のソックスを編んで、プレゼントしてくれた女性はだれなのよ？」

まだおぼえていた。十年ほどすぎているのに、この執念だ。あのときおれは三十をすぎたばかり。まだ若かった。

「会社の女の子だよ。そう説明したはずだ」

「子供の誕生を祝ってソックスを編むってことは、その男と深い関係にあるからよ。よっぽど好きでなきゃ、できることじゃない。あたりまえよ。……もっとも、生まれたのは男の子なのに、ピンクのソックスをくれるなんて、ちょっと間がぬけてるわね、その女。純情可憐かもしれないけど、おつむはすこし足りないんじゃないの」

「何もないから、そんなまちがったプレゼントになったんだろうが」雄二はいささか気分を害した。「それに、そんなにばかな女じゃない」

「ほう、弁護するわけ？」

「いや、そうじゃない」

「わたし、とっても傷ついたのよ。女房が出産で苦しんでいるときに、よその女に毛糸の可愛いソックスを編ませるなんて……」

「べつに編ませたんじゃない。勝手に、好意で編んでくれたんだ」

「でも、編むように仕向けたのよ」

これも修羅場というものだろうかと雄二はおもった。それにしては、あまりにくだらない。

「もうやめようや」

「時効ってわけ。ふん、許してやるわ。とっくに切れたみたいだから。……じゃあ、別の質問。きみのことを片時も忘れたことがないというけど、おとといは何の日か」

おととい？

内心の狼狽を隠すため、雄二はゆっくりとウーロンハイをつくった。

「わからないでしょう？」

「ちょっと考えている」

「考えなきゃわからないの？」

いや、考えてもわからない。出向の内示だけで、頭はいっぱいの日々だった。

「わたしの誕生日よ！」

そういって、康子はウーロンハイをがぶのみした。

「……あした、きみの誕生祝いのバラの花を買ってくるよ」

「いらないわよ。ねえ、あなた、このところ少し変じゃない」

康子の目がすわっている。

「変なのは生まれつきだよ」

雄二はもう康子に抵抗する気分をなくしていた。

「知ってるわよ、そのくらい。より変になったっていう意味よ。何だかぼうっとしてるし、いつもの明るさがないし、どうしたのかしらね」

酔っ払いに、一身上の事件を話すべきか。

もとより康子に、野々村のようなアドバイスは期待できない。いや、それどころか、短い期間とはいえ自分も扶桑証券で働いていて、いまだに愛着をもっている康子は、夫が会社を離れると聞けば失望するのではないか。

「ははあ、わかった。転勤なのね」

勘のいい女ではあるが、出向とはおもいもよらないようである。

「わたし、いいわよ、どこでも……。札幌、福岡なんかはとくにいいな。いっぺん住んでみたいとおもっていたわ」

康子の目が心持ち潤んだ。楽しみにしていた旅行にでも出かける気分にちがいない。

転勤ならば迷わなかったにちがいないと雄二はおもった。多少意に反しても、サラリーマンの宿命として受け入れただろう。だいいち公開引受部に在籍して、もう十年あまりたっている。長すぎるくらいだ。

「それに哲也はまだ小学生だから、転校も問題ないし……いや、かえって学校嫌いが直るかもしれないわ。いいじゃない、あなた、くよくよ悩んでないで、どこへでもいこうよ」

そこまでいわれては、打ち明けないわけにはいかなかった。

「転勤じゃない。出向の内示があったんだ」

「シュッコウ？　何それ」

「株式を公開したがっている居酒屋チェーンがあるんだ。その手伝いにいく話だよ。いくら公開といったって居酒屋だぜ、居酒屋」

康子の失望に先回りしていった。

「ふうん」

「なあ、悩む気持ちもわかるだろ？」

「何で悩むの？」

「……………」

「ねえ、どうして？」

「おれは扶桑証券公開引受部になくてはならない人間だよ。それがどうして居酒屋なんかにいかなきゃならないんだ」

野々村にはいえなかった台詞が、康子に対してはストレートに出た。

「あなた、変わってしまったみたいね」

哀しそうな目をした康子から、にわかに酔いが去っていた。

「何が？　おれはちっとも変わってないよ」

「いや、ちがう。若いころは、もっともっと謙虚だったわ。居酒屋を軽蔑したりしなかった」

「軽蔑なんかしてないさ。ただ、自分が働くに適する場所かとなると話はべつだ」

「そうかしら」

小首をかしげながら、康子はグラスのふちを親指で擦《こす》った。考えごとをするときの癖だ。

「それより、おれが出向するときいて、きみは落胆しないのか」

「え、何で落胆しなきゃならないの？」

まったく意外な反応だった。

「亭主が扶桑証券に勤めているというのと、居酒屋勤務とじゃ、世間の評価がちがうだろ？」

康子はまっすぐに雄二をみていった。

「関係ないわよ、全然」

雄二はたじろいだ。変わったのは、康子のほうではないか。

扶桑証券をこよなく愛しているとばかりおもっていた康子は、いつの間にかその感情を捨ててしまっている。いつ、どこで、康子は変貌してしまったのか。おもえば、このような問題をめぐって、康子と話した記憶はない。

「わたしたちの仲間では、夫がどんな会社に勤めているかとか、どんな地位にあるかなどと話すことはないわよ。むしろ、それはタブーよね。そう、もうひとつ、子供の成績もタブーね」

「じゃあ、どんな話をするんだ？」

「そんなのいっぱいあるじゃない。スイミングの仲間とは水泳について話すし、オーケストラの仲間とは音楽について話すわ。ほかの人は陶芸、ガーデニング、ペットの猫の話なんかをする。料理、買い物、いくらでもあるわよ」

康子はいつの間にか遠くへいってしまっていた。

「わたし、いま気づいたんだけど、あなたは本社で出世することによって変わったのね。……ねえ、あなた、いったい何をしたいの？」

野々村も似た質問をした。

雄二は自分の胸の奥をのぞきこんだ。そこには明瞭な目的意識が潜んでいるはずだった。未公開の優良企業を公開させる。それが雄二の目的だった。

だが、野々村と語り、康子と話したいま、その実感が稀薄になっているのはどうしたことだろう。掬《すく》い取ろうと試みても、指は空をつかむばかりだった。おれは、本当にそれをしたいのか。惰性で生きていこうとしているだけではないか。

「わたし、出向に反対しないわよ。自分のことが、もっともっとわかるかもしれないわね」

康子も野々村同様、雄二の背を押したのだった。

5

翌週の月曜日、丸の内の会社に向かう満員電車に揺られながら、雄二は担当常務の西条に出向の理由を質《ただ》そうと決意した。雄二を公開引受部に引っぱってきた張本人なのだから説明責任があるというものだ。

午後三時すぎ、ようやくからだの空いた西条に会いに役員室のフロアに上がると、さすがに気が萎《な》えた。やはり、これはおれの流儀ではないとおもった。

西条は執務室のソファに雄二をすわらせるなり、あっさりと雄二の質問に答えた。

「きみは社外の評判が良すぎたんだな」

もともと豪放磊落《らいらく》な印象をあたえる人物だが、地位が上がるにつれて貫禄も増してきた。典型的な百戦錬磨の証券マンだ。雄二は西条のまえに出ると、いつもいいしれぬ風圧を感じる。体重の差というより位負けなのだろう。

「評判といいますと？」

「鬼山さんがきみの手腕をききつけて、株式公開にそなえる社内のプロジェクトチームを、ぜひ直接指揮してほしいと頼みこんできたのさ」

信じがたい話だった。だいいち、どこで雄二のことをきいたというのか。

「そういう趣旨なら、これまでとおなじやり方で、外からサポートすればすむのではないでしょうか」

「いや、そうもいかんようだ。急成長の会社のつねで、社内にろくなスタッフがいないらしい。きみに現場で逐一指導してくれというのさ」

「……しかし、口はばったい言い方ですが、わたしが抜けるとなると、部のほうで困るんじゃありませんか」

　かりにも、猪狩軍団と称されるまでになったチームの責任者である。それなりの自負が雄二にはある。野々村や康子に打ち明けたような出世欲や世間体だけで、出向に逡巡しているのではない。

「困るさ、当然。いうまでもない」

　西条のあだ名はブルドッグだ。それなりの愛嬌をにじませるときもあるが、不機嫌になると人に噛みつきかねない顔になる。有無をいわせぬ雰囲気が、太ったからだ全体からただよってくる。

　それは、かつてのまな弟子の雄二に対しても例外ではない。いや、まな弟子であるだけに遠慮なく出て、雄二を威圧した。

「きみに出られたら明らかに戦力減だ。そんなことは、このおれがいちばんよくわかっている」

　垂れさがった瞼の下の細い目が底光りした。

「しかし、きみが丹精込めて育てた部下たちがいる。かれらにも、そろそろ一本立ちしてやってもらわねばならん」

　西条の表情に、権力者特有の凶暴さが宿っていて雄二をたじろがせた。西条はいつからこのような目で、おれをみるようになったのだろう？

「それとも何か」西条はたたみかけてきた。「かれらの能力に、きみは不安があるのか？　部長の稲葉は、かれらの力量に太鼓判を押したぞ」

雄二が抵抗できない点を衝いてきた。西条は雄二を相手に、こんな論法をつかう男ではなかった。社内の階段をのぼるにつれて変わったのだ。

西条とともに中小企業を訪問して、その会社の株式を公開させようと苦労した日々をおもいだした。ずいぶん遠い昔のようだった。

「……きみは何か勘ちがいしてないか」

西条の野太い声が、雄二を現実に引き戻した。

「おれはきみに専門性をつけさせようと、公開引受部に移した。これからの世の中はプロだけが生きられるとおもったからだ。何のスキルもないやつは取り残されて行くんだ。ただ単に大証券、いや大企業の社員というだけでは通用しない時代の幕が開く。バブル景気は、もうおしまいだ。みていろ、あと数年を経ずして大企業は淘汰され、失業者は町にあふれる。プロだけが豊かな生活をおくれるんだ。……もっともおれがこんなことをいっても、だれも耳を貸さない。社長も会長も、だ。株価はじきに回復し、そうすればまた、いい時代に戻るなんておもっている」

ほとんど怒っている口調だった。

「だから、証券会社の内部にばかりいてはだめなんだ。外の風に当たって、もっと世の中のことを知れ。ベンチャーの世界と、その経営者をみろ。そうすれば、きみの幅は格段に広がるだろう。それが出向を命じた理由だ」

そういって、西条はみずからを納得させるように、二、三度うなずいた。

これまで景気が過熱しすぎだったのは雄二にもわかる。日本橋の百貨店では、一着二十万円もするスーツが飛ぶように売れていた。買うのは証券会社の社員だ。クリスマス・イブには、若い男が女に高価な贈り物をし、シティホテルに泊まって馬鹿騒ぎをし、部屋をめちゃめちゃに汚すのが普通になっている。

異常な世相だ、と雄二もおもう。バブル景気が、何かを壊していた。しかし、西条のいうような事態が襲ってくるなどということがありうるのだろうか。

細い目で雄二を凝視していた西条は、自分の言葉が相手の胸の底にじゅうぶんに届いていないのを察したようだった。人の心理を素早く読む能力にかけては、会社でも群を抜いている。

一瞬、ためらう気配をみせてから、すぐに声を落としていった。

「会社はこの中間決算で赤字になる。四半世紀ぶりの赤字だ」

雄二は耳を疑った。バブルの熱気が冷めているとはいえ、ほんの二年前には史上空前の利益を計上していたではないか。

「おれには、これが一時的な現象におもえない。だがトップには危機感はない。さてどっちの認識が正しいか、いずれ明らかになる」

予言者めいた口調でいい、話を戻した。

「出向といっても、いつまでもきみを外に出しておく余裕は会社にない。二年間だ。それまでに株式公開のめどをつけろ。鬼山さんは型破りな経営者のようで、黒豹というあだ名がある。だが、幸いきみとは同年だ。あんがい馬が合うかもしれん」

そういわれても自信はない。外部にいてつきあうのと、なかに入るのとは別物だ。オーナー経営者が一筋縄でいく人種でないことは、これまでの経験から知っている。

「とにかく勉強してこい。後悔しないはずだ。二年後のきみの処遇には、じゅうぶん配慮する。もっとも……」

といって、西条は自嘲《じちよう》気味に薄笑いを浮かべた。

「おれが会社に残っていればの話だが……。どうだ、おれが失脚する可能性はどれくらいだとおもう？」

冗談ではない。最悪の場合、片道切符になるというのである。

「そんなこと、わたしにはわかりませんね。でも、出向する身としては、そうならないよう祈るしかないでしょう。好むと好まざるとにかかわらず」

アハハ、とブルドッグは愉快そうに笑った。これも西条の素顔のひとつだ。

「なに、おれが失脚しても、きみは大丈夫さ。また一皮剝けて、たくましくなっているはずだ」

腰を浮かしかけたときに、西条がきいた。

「きみは、いまいくつになった？」

「四十二ですが」

西条は雄二を凝視していった。

「いちばん大事なときだぞ。……自棄《やけ》になって時間を浪費するなよ」

何やら説得された形になった。

6

公開引受部に戻ると、日が暮れかかっていた。西条の部屋ではさすがに緊張していて、窓の外をみる余裕などなかったのだと気づいた。このところ日増しに昼の時間が短くなっていく。

課長の内海が満面に好奇心をあらわにして待ちかまえていた。

「どないでした？　ブルドッグ」

ずばり、遠慮なくきく。内海は早耳を自慢にしている。

「どうして常務に会っていたと知っているんだ？」

「いえ、秘書室にひとり、愛人がおりまんねん」

内海はまだ三十七、八なのに、もう中年太りがはじまっている。童顔で、みようによっては可愛くもあるが、一般的にもてるタイプではない。

美人が好きで、見境なくちょっかいをかける。だが、それが成就したのを雄二はみたことがない。うるさがられ、気持ちわるがられる。デリカシーに欠けるのだ。いまだに独身。秘書室の愛人は架空の存在にきまっている。

「お疲れのところ何でっけど、ちょっと出られまへんか」

内海の丸い目に、いいたいことがつまっていた。

隣りのビルの喫茶店に移った。

内海の求めに応じて、西条とのやりとりを説明する。隠す必要は何もない。

「それで猪狩はんは、二年ちゅう期間を信じてはるんでっか」

「状況しだいだな。空手形はサラリーマンのつねだから」

西条の失脚うんぬんについては触れなかった。

「結局、ブルドッグにうまいこと、いいくるめられたのかな」とみずから総括した。

「無理おまへんな。猪狩はんとブルとじゃ役者がちゃいま……すんまへん。人間の質がちゃうていわんとあかんとこでんな」

もともと神経が数本、欠けている男である。その性格が災いして営業店で干され、雄二の公開引受部にまわされてきた。ただ仕事熱心である。それだけでじゅうぶんだと雄二はおもっている。

「出向のほんまのわけを調べてみました」

内海は自慢げに団子鼻をぴくつかせた。

「ほう、何かわかったか」

「はい」

「いえよ、いいたいんだろ」

「気ぃわるうしなはんなや」

「五年もいっしょに仕事をしてれば、気を悪くするかどうかわかるだろうが……。いい話ではないいな」

図太くみえて、あんがい神経の細かいところもある内海は、逡巡してからいった。

「猪狩はんが出向しはるのは、鬼山はんの強い希望があったからやと、西条常務はいうてはった？」

内海は思い詰めた表情でたずねる。

「ああ、そういう説明だった」

「ところがそうでのうて、常務のほうが提案しはったようでっせ」

内海の表情が暗くなっている。

「……何だって？　どうもよくわからんな」

「株式公開のときにうちが主幹事を取る条件として、常務が猪狩はんの出向を持ち出しはったんでっせ」

株式公開のときには、複数の証券会社がシンジケート団を組むのが普通だが、その中心になる主幹事証券に選ばれれば、取り扱う株式の割合も大きくなり、利益もそれに比例する。

鬼山の会社の主幹事の地位をめぐっては、水面下で大手証券会社が熾烈な争いをくりひろげていた。業界トップの証券会社が内定したという噂が流れたこともあった。しかし、いつの間にか扶桑証券が主幹事の地位を射とめていた。

大変な逆転劇として話題になった。そして、その立て役者として名があがったのは西条で、業界関係者はその辣腕ぶりに改めて舌を巻いたものである。

内海が粘っこい目で雄二の反応をうかがっている。

雄二はタバコに火をつけ、深々と吸い込む。西条の言葉がまだ耳に残っている。

——おれを売ったのか？

しかし、自分の実績をあげるために、そこまでやるだろうか。

いや、あるいは、西条は追いつめられているのだろうか。西条は失脚を仄めかした。社内的に苦境に立たされているのだろうか。

みえない深い闇がある。それは西条の胸に巣くっている闇なのか、あるいはまた会社の奥の闇なのか。

生ぬるいコーヒーを口に含んだ。

「ありがとう」雄二は内海にきっぱりといった。「腹をきめたよ」

内海は仰天した。

「出向することにしたよ」

その夜、妻の康子に告げた。

内海はのみにいこうと誘ってくれたのだが、振り切ってまっすぐ家に帰ったのだった。

夜の八時。平日、こんな時間に、家でのむのはめずらしい。

大きなハタハタが出た。脂がのっていて、卵も食いごたえがある。

「こんな立派なのがよく手に入ったな。最近では不漁で、ちっぽけなのしか採れないと耳にしていたけどな」

「たまにデパートの食品売り場に出回ることがあるのよね。もっとも千円ちかくするけど」

「むかしは肥料にする魚だったんじゃないかな。いや、あれはニシンか。……でも旨《うま》いよ」

「あなたの大好物よね」

「きみのはないのか」

康子はイワシをほじくりながら、ウーロンハイをのむ。

「わたしはこっちが好き。江戸っ子は青魚よ」

アジ、イワシ、コハダ。これが康子の好みだ。寿司屋にいってもよく注文する。

「ハタハタを買ったところをみると、おれが今夜早く帰ると、わかっていたな」

「もちろん」

「なんで？」

「夫婦だからよ」

ウーロンハイをだいぶのんだ。

「決心したってことは、納得したからなの？　ずいぶんすっきりした顔をしているわね」

酔いがまわりだして、康子がたずねた。

「いや、逆だね。ちっとも納得していない」

「なぜ？」

一日の出来事を康子に話した。常務は仲人なのだ。康子にも身近だった男だ。

「西条さん、変わったのかしら」

ため息をついた。

「歳月とともにみな変わるんだ。それは仕方ない。でも、いちばん変わったのは会社かもしれない」

「何かが起きているってこと？」

「わからない。謎は深そうだ。でも、おれはやめたんだ。……会社にとらわれない。

出世欲を捨てる。世間体を気にしない。そして居酒屋チェーンに飛び込んでみる。自分ってものが、変わるかもしれない」

康子は、祝杯のグラスをあげた。

「変わるんじゃないわ。それが本来のあなたなのよ。がんばって」

7

黒豹の会社に出向した雄二は、早々にカルチャーショックを受けた。

まず会社の規程がないにひとしい。だから、だれがどんな権限と責任をもっているのか明らかでない。稟議制度はともかく、意思決定の仕方があいまいである。

管理体制もできていない。会計制度もまたずさんで、支店の売上や原価や費用を集計しているだけだ。

ようするに、ひとつひとつ店を増やしていって、それがいま何十数店舗になっており、その店の運営は店長にまかせっきりだ。そして、何か特別なことが起きれば、社長の鬼山が決定する。——それだけのことだった。

いままで順調にやってこられたのは、黒豹というあだ名がしめすように、鬼山におそろしいほどのカリスマ性があったのと、バブル景気の恩恵である。

雄二は扶桑証券にいたころは、管理体制に息苦しさを感じることが少なくなかった。もう少し、社員の自由裁量にまかせてくれてもいいではないかと不満をいだいていた。

扶桑は業界では自由な社風で知られる会社だが、それでも七千人ほどの社員をかかえる大企業である。官僚的なルールは厳然としてあった。社内の規程や報告義務にうんざりするのは日常のことだ。いわば内向きの仕事に時間を取られた。

しかし、黒豹の会社に来てみると、正反対の落差に唖然とした。

雄二はたちまち途方に暮れた。株式公開どころの状態ではない。むしろ、この放漫経営を立て直し、いずれやってくる倒産という事態を、どうやったら避けられるかを考えるべきではないかと悩んだ。だが、それは公開引受部の自分の仕事ではないのではないか。

黒豹は何かと気をつかってくれた。

「株式公開に向けて、直すべきところは直す。遠慮なく指摘してほしい」

それが着任してすぐの意思表明だった。

雄二は初対面で黒豹の魅力に惹かれた。自信に満ち、意欲的で、かつ仕事好きだ。

そして、変な表現だが、精悍でセクシーだった。黒豹のほうも好印象を持ったようだ。たぶん雄二のなかに、自分にはない何かを察知したのだろう。

しかし、会社の状態の認識という点では、天と地ほどの差があることを雄二は徐々におもいしらされていった。

黒豹の会社では、月に二度、幹部会がある。

第一と第三の月曜日の午後、神楽坂の本店の会議室に、役員や店長が集まるから四十人ほどになる。店長が月次の決算や特別な出来事を報告し、黒豹が一方的に指示を出す。

黒豹は自分のやりかたが正しいと信じて疑わない。ここまで成功してきたのだから、基本的にまちがっていないというわけだ。また、会社は自分のものだという意識が強い。幹部社員や店長であっても、使用人だとしかおもっていないのだ。反抗は許さない。

出店計画や資金調達などの重要な経営戦略は、だれにも相談しない。

雄二がはじめて出席した幹部会の最後に、黒豹は宣言した。

「今度、大宮に進出する。店長は植木にやってもらう。来週から準備にかかってくれ」

黒豹の突然の命令に、植木という男は目を白黒する。

「心配するな」と、黒豹は植木に自信満々にいう。「出店当座は、住吉が全面的にバックアップするから安心しろ」

住吉は子飼いの常務だが、事前に自分がその役回りをさせられると聞かされていない。住吉も戸惑うが、しかし、このような指示は異例ではないらしい。住吉は遊軍的に酷使されるのに慣れているとみえる。

雄二の紹介も、一方的なものだった。

「近い将来、うちは株式を公開することにした。ここにいる猪狩さんが、会社の状態を調査し、アドバイスするため、扶桑証券から派遣されてきた。公開のプロだ。猪狩さんの要求には、何でも従ってくれ」

突然公開といわれても、大多数の従業員にはピンとこない。鳩が豆鉄砲を食らったような反応をする。雄二をみる目は、冷ややかなものだ。住吉らほんの数名が興味を示したのを、雄二は目のすみにとらえて、短いスピーチをした。

「ご迷惑をかけるかもしれません。しかし、会社の発展のためです。どうぞ協力してください」

株式公開とは、企業を社会的な存在、おおげさにいえば公器としてデビューさせるものである。

黒豹は賢明そうな男であるが、からだに染み付いたオーナー意識は強烈だ。従業員の意識もまた、それを是認している。

——みなの意識を変えられるかどうか。

雄二は早くも逃げ出したくなった。

よく晴れた日曜日の昼下がり、康子から散歩に誘われた雄二は気が乗らなかった。

「いやだな。家でじっとしているほうがいい。何ならいまから強い酒でものみたいくらいだ」

「何いってんのよ」康子は目を三角にした。「テニスをサボッたんだから、散歩くらいしなさい。野々村さん、電話で心配してたわ。このところおみえにならないが、おからだでも悪いんじゃないかって」

「悪いのは頭のほうだ。気が狂いそうだよ」

「いやだ、あんまり心配かけないでよ。哲也が反抗的で、わたしのほうこそ頭が変になりそう」

「手をかけすぎるんじゃないか。あいつはまるで王子様みたいな待遇だ。放っとけばいいんだ」

「何よ、無責任に……。さあさあ、外に出ましょう。いい天気だから、気も晴れるわよ」

抵抗もできず、手賀沼の遊歩道をぶらぶらあるいた。やがてボートや遊覧船乗り場が見渡せる広場に出た。なるほど少しあるいただけで、雄二はいくらか気分がよくなってきた。

「人間だって動物なんだからね。からだを動かさなきゃだめなのよ」

雄二の様子を盗みみて、康子が説教する。

四十をすぎたあたりから、雄二は六つ年下の康子をうとましく感じる頻度がふえた。スイミングで鍛えているせいもあるのか、いやに元気で癪にさわるときがある。おもいついたことをずけずけいう。デリカシーに欠ける。

広場では釣人がずらりと並んで、糸を垂れていた。

「何が釣れるんですか」

康子が初老の男にたずねた。まるで遠慮がない。

振り返って康子をみた男の顔が、急に笑み崩れる。康子はとびっきりの美人というわけではないが、やや吊り上がり気味の目に愛嬌と利かん気が混じりあっていて、どういうわけか年配者をひきつける。

「モロコ、マブナ、コイといったところだな」

「へえ、コイも？　食べられるんですの？」

「まさか、臭くて食えたもんじゃねえ。いっぺん水に漬けて泥を吐かせてみたが、やっぱりだめだった」

「じゃあ釣った魚はどうするのかしら」

「逃がすんだ」

「…………」

釣人から離れて、康子が雄二にきいた。

「ねえ、釣りって、魚を食べるためにやるんじゃないの？」

「そうとはかぎらないだろうな。よく知らないけど」

「じゃあ、何のためにするのかしら」

雄二は少し考えていった。

「夢を釣るためにやるんじゃないか」

この世のことは、すべてそうなのかもしれないと雄二はおもった。それゆえみな儚《はかな》いのではないか。

広場を離れて遊覧船乗り場へいく途中にポプラ並木がある。十数本の背の高いポプラが一列になっていて、その枝が天を衝いている。

かたわらのベンチに腰掛けて、雄二はタバコを吸った。

「あの樹をみていると、自分まで天に上っていきそうな気がしてくるな」

「わたしはいつも、スペイン旅行をおもいだすわ。教会で、高い柱に天使や天女の像があったのおぼえている？　あれをみたとき、吸い込まれそうになって、眩暈《めまい》がしたわ。天上を目指す気持ちが、ちょっぴりわかったわね」

何年まえのことだろう。あのころ雄二は、もっともっと幸せだったような気がする。何が変わったのか。

「出向先でうまくいってるの？　社長さんとはどうなの？」

康子の目から愛嬌も利かん気も消え、真顔になっている。

「社長は大事にしてくれているよ、おもっていたより……。ただ、うまくやる自信はないな」

「なぜ？」

「オーナー意識が強烈なんだ。自分の会社だと信じている。いや、ちがう、不正確だ。自分のからだの一部なんだ。そういう会社を公開するのがいいのかどうか、おれは疑問になってきた。矛盾することをやろうとしているんじゃないかってね」

康子はふっと笑みを浮かべた。

「優等生ねえ、あなた。矛盾なしに生きていけると思っているの?」

二の句が継げなかった。雄二は顔をそむけ、二本目のタバコに火をつけた。

「あの会社を公開させたかったんでしょう?」

康子は手を緩めない。

「まあ、そうだが……」

「何だかすこし頼りないわねえ。あれこれ心配せずに、目標に向かって邁進したら? 目標を持っているって幸福なことよ」

「しかし、遠からず衝突するな」

敵は本能寺というが、公開にさいしての最大の障害は黒豹自身にありそうだ。

「衝突したら、引き揚げてくればいいじゃない」

「そう簡単にいくか。任務を達成できなかったことになる」

「それが優等生だっていうの。むこうが公開したくないなら仕方ないじゃない」

返す言葉がなかった。

「それと、何もかも自分ひとりで引き受けようとおもわないことよ。あちらにだって人はいるんでしょう?」

「いや、役に立ちそうなのは、あまりいない」

「そうかしら。それなら大きくなっていないとおもうよ。必ずだれかいるわ」

康子はいやに確信に満ちていた。

8

雄二はひとりの男に目をつけた。黒豹や雄二より四つ下で、三十八歳になる住吉だ。

「おれは餓鬼のころから社長の子分だった。だからいまでも頭があがらねえんだ」

酔うと出る台詞がそれだった。小中学校が黒豹とおなじで家もちかく、子供のころからいっしょに遊んでいた。だいぶ悪さもしたらしい。

黒豹は高校を中退したが、住吉はちゃんと卒業し、高知の魚市場で働いていた。それを、店舗を二つ三つとふやして、店をまかせる人間を探していた黒豹が、かなり強引に東京に呼び寄せたという。

エラの張った四角い顔で、からだつきも頑丈だ。魚などの食材をみる目はたしかで、納入業者などにとってはやりにくい相手だろう。部下にも厳しいが、陽気で面倒見がいいから嫌われてはいない。とにかく陰日向なくよく働く。

会社が大きくなるにつれ、常務などという会社全体をみる地位に押し上げられた。

「これじゃあまるで陸《おか》に揚がった河童ですよ、おれは」

雄二が誘って、チェーン店のひとつで酒をのんでいるとき、そんな愚痴をこぼした。

「住吉さんは何をやりたいの？」

康子にきかれたような質問をすると、「そうだなあ。店の一軒でもまかせられているほうがいいかな」と答えた。変な野心を持たない性格らしい。

「本当に？」

「うん。それが分相応ってもんだな」

「会社を大きくして、会社を公開するのをどうおもう？」

「それは鬼山さんの念願だけど、おれには荷が重いですよ」

「そんなことはない。大きな舞台を与えられれば、能力はどんどん高まるよ」

幸いにも、住吉は苦手な仕事から逃げる男ではなかった。難問にぶつかるたびに、自分なりに調べ、あるいは人にきくなりして、ひとつひとつ知識を吸収してゆくひたむきさがあった。好奇心もつよい。

店舗の開設や人材の育成方法などについて雄二がたずねると、自分なりの意見を述べた。

たとえば人材については、「もっとシステマチックに若手を鍛え、しかも抜擢しなければ、不満はたまるし、会社としても飛躍はむりじゃないですかね」などと、黒豹批判めいた指摘までした。

黒豹は住吉をあくまで便利使いし、経営についての意見などを求めていないのだが、意外にも住吉には住吉の考えがあるのだった。

「公開に向けて、プロジェクトチームをつくりましょう」

雄二は黒豹に提案した。

「店長、厨房、仕入れ、経理、店舗開発などの各部門から、適任者を選んでください」

やることは山ほどあった。規程の整備、管理体制や予算統制制度の導入、利益計画と出店計画の確立などだ。

「いいだろう。で、チームのトップはどうする?」

黒豹の質問に雄二は住吉の名をあげた。

「あいつにそんなむずかしいことが考えられるか」と、黒豹は難色を示した。「だいいち経理とかの知識はないよ。住吉は根は魚屋だ」

「おおまかなことがわかればいいんです。べつに経理の専門家になってもらうんじゃないのですから」

「だが、どうして住吉に目をつけた?」

「あのひとは化けますね。その素質があります」

これまで多くの部下を使ってきた経験から、雄二には予感めいたものがあった。

「それに経理の専門家は、他から招聘《しょうへい》しましょう」

雄二はかつて株式公開させた食品会社の社長に頼んで、有能な経理担当者を貸してもらう話をつけていた。

「さらに税理士と弁護士を替え、公認会計士を雇います」

「何で?」と黒豹は目を剝いた。「税理士と弁護士には、いままでずいぶん世話になっているんだよ。知らないだろうけど」

「それ相応の報酬は支払っていたんでしょう? 貸し借りなしです。いまの先生方では公開の役に立ちませんね」

十年余りの公開引受部時代の人脈から、雄二はそれぞれの専門家を確保していた。

「……厳しすぎやしないか」

「会社を公開の目的に向けて変えるためです。やむをえません」

黒豹と視線が絡み合った。

はじめての正念場だ。ここで譲歩しては、あとあと苦労する。雄二は黒豹の無言の圧力に耐えた。

――衝突したら、引き揚げてくればいいじゃない。

そういった康子の言葉を、雄二はおもいだしていた。それでも、おれはお払い箱になるのだろうかという恐怖はあった。出向先で失敗したという烙印を押されるのではないか。

「……猪狩さん、やると腹をきめるとなると、いやにすばやいな」

黒豹が複雑な笑みを浮かべた。

「ええ、自分ひとりでできることはしれていますから」

雄二は黒豹を凝視した。あなたもそのことを悟ってくださいと、目に力をこめた。

「わかった。まかせるよ」

黒豹は意外なほどあっさりと、まるで投げ出すようにいった。

雄二はまず業務全般の勉強から入っていった。

食材の選定と購入方法、メニューや調理の工夫の仕方、店舗の管理と人員の配置、営業や宣伝の実態など。これまで体験したことのない未知の業種で大いに戸惑ったが、新鮮でもあった。各部門から選ばれたプロジェクトチームのメンバーの話をよくきいた。

一方、帳簿や会計制度、コンピュータシステム、諸規程、経営管理制度などは一から作り直す必要のあることがわかった。経営計画にいたっては、どのように立案するかという基本的な問題があった。すべて黒豹の専管事項だったからだ。ひらたくいえば黒豹ひとりの考え、極論すればおもいつきで決められていた。

雄二は気が遠くなる思いがした。はたして二年で、公開のめどがつけられるかどうか。

雄二は当初、この会社に必要なのは、株式公開にそなえることではなく、どのように倒産を回避するかではないかとの印象をいだいたが、やがて認識を改めた。いわば新しい会社をつくる仕事なのである。

メンバーたちの多くが、しだいに音を上げはじめた。彼らは日常業務をかかえているため、いきおいミーティングは休日に行わざるを得なかったからだ。

そして、店舗の運営などの実務には通じた男たちも、会社全体の仕組みを考えるという訓練をうけた経験がなく、テーマがそちらに向かうやいなや、自分の手にあまることだと諦めそうになった。

それを何とか引っ張っていったのは住吉だった。

「知らないことをおぼえるのって、案外おもしろいもんだな。若いころ遊んでばかりいないで、もっと勉強しておけばよかったなあ。いまにしてそう思うよ」

魚市場で働いていた叩き上げの住吉にそういわれては、だれも逃げるわけにはいかない。

全体的な作業の道筋をつけるのは、雄二が招いた公認会計士の役割だった。住吉と同年配の三十代後半で、働き盛りだ。

「公認会計士でいちばん幸せなのは、猪狩さん、どんな人だと思いますか」

雄二が落ち込んでいたときに、その会計士が悪戯《いたずら》っぽい笑みを浮かべていった。

「わからないな。大物になって高収入をあげ、協会の幹部に収まっている人か」

「またご冗談を……。猪狩さんらしくない。ソニーやホンダを公開させた会計士ですよ。かれらは得意でしょうねえ。いま日本経済をささえているあの会社は、わたしが公開させたんだ、と。のちのち私も、そのように自慢できるのかと思うと、会計士冥利につきますねえ」

いい男を選んだと雄二は実感したのだった。

実務面で役に立ったのは、食品メーカーから呼んだ丸田という経理マンだった。小柄で痩せぎす、飄々《ひょうひょう》とした印象を与える中年の男だ。

経理の仕事しか知らないだろうとおもったのは嬉しい誤解で、総務畑の経験もあって、会社の内部管理や労務管理にもくわしい。

「いくら居酒屋チェーンでも、労働条件が悪すぎますね。このままではいい人材は集まりません。従業員のモチベーションを高めるため、まず有給休暇制度をきちんとすることが必要です」

黒豹のまえでも臆せずに提案する。

「だが、現にいまだってみな休日返上で働いているじゃないか」

黒豹が気色ばんでも、

「いまは公開に向けての非常時です。しかし、日常的にこうなのは、経営がまずいからです」

丸田は顔色ひとつ変えずにいった。

プロジェクトチームのメンバーは息をのんだ。いまだかつて面と向かって黒豹を、真正面から批判する場面をみたことがないからだ。

「給与面も改善したいし、ストックオプションも導入したいところですが、まず従業員持ち株会をつくったらどうですか」

と、丸田は畳みかける。

「具体的にはどうするんだ？」

「給料を上げ、持ち株会に入ったものは、その部分は天引きで会社の株を購入するのです。会社も十パーセントほどの奨励金を出します。従業員の財産形成の助けになるし、勤労意欲も高まります」

どうなることかと、メンバーが黒豹と丸田の顔を交互に凝視した。

「……いいだろう」黒豹が折れた。「丸田さん、案をつくってくれますか」

メンバーは唖然とし、会議室がざわついた。雄二も内心舌を巻いた。黒豹自身が変わろうとしていることを実感したのだ。ふたりだけになったとき、雄二は丸田に礼をいった。

「いや、あたりまえの提案をしただけです」

しかし、丸田は少しも昂《たかぶ》っていなかった。

「猪狩さん、それにしても、新しい会社というのはいいものですなあ。どんどんいい方向に変えられる」

「何でもいえる外部の人間を入れてよかった。今日は痛感しました」

しかし、丸田はちょっと間を置き、声を潜めた。

「わたし自身は外部の人間とおもってません」

「え？」

「わたしはもう五十四です。いまの会社では先がみえている。できるなら、このままここに残りたい。猪狩さん、お口添え願えませんか」

丸田は博打《ばくち》を打ったのだと、雄二は知った。それも、黒豹のような男には、もっとも効果的な方法で……。

9

神楽坂のテナントビルにある本社の会議室は、プロジェクトチームの溜まり場と化した。

中央の細長いテーブルには資料がうずたかく積まれ、六人のメンバーが入れ替わり作業をし、折にふれミーティングをする。壁際のホワイトボードには、やるべき作業が横軸に、日程が縦軸に書かれた紙がはられ、進行状況が余白にうずめこまれてゆく。

すべてを統括するのは雄二の役割だが、実務面で力を発揮したのは丸田だった。会計制度、諸規程、利益計画のつくりかたは、ほとんど丸田が立案した。常務であり、チームのリーダーの住吉は、丸田の仕事ぶりをみながら、必死になってノウハウを吸収する。

「丸田さんは、おれがはじめて得た先生だ。四十歳ちかくになって、勉強のおもしろさを知ったな」と述懐した。

丸田は、はるかに年が離れているせいもあるのか、そんな住吉が可愛いとみえて、懇切丁寧に教える。

しかし、丸田の弟子は住吉ばかりではない。作業には表をつくったり、パソコンを操作する要員も必要である。それを担当したのが総務の浅野という、三十をすぎたばかりの女性だ。眼鏡の奥の目はちょっときついが、プロポーションのよさは群を抜いている。

丸田は、住吉に対するよりも十倍は優しく浅野を指導し、浅野のほうも丸田にまとわりつく。頻繁にコーヒーを淹《い》れるし、頼まれもしないのに、好みの銘柄のタバコを買ってくる。

「どうなってんだ、浅野のやつ。大卒美人を鼻にかけて、これまでお茶汲みなんか拒否していたくせに、あのざまだ」と住吉が妬《や》いた。「ねえ、猪狩さん、丸田のおっさんみたいな、くたびれた中年男のどこに魅力があるんです？　おれのほうがよっぽどセックスアピールがあるのに、浅野はおれにはタバコを買ってこない。女心ってどうなってんでしょう？」

「好きなんだろうよ、丸田さんが」

「信じられない」

「すべての女性がセックスアピールだけに惹かれるわけじゃないのだろうな、たぶん」

「じゃあ、猪狩さんもまだ、可能性があるってわけですか」

「おれはまだまだ現役だよ」

「こりゃ失礼」

住吉は大口を開けて笑った。

残業につぐ残業の日々だったが、チームの親密さはしだいに増していき、仲間意識も強まった。日程表の空白部分もだいぶ埋められていった。

「このぶんなら、わたしが丸田さんの残留を口添えしなくても大丈夫でしょうよ」

ある日、雄二は丸田に囁《ささや》いた。

「いやいや、猪狩さん、オーナーというのは怖いものですよ。けっして油断してはいけない」

長年オーナー企業のなかにいて、苦労してきた丸田の言葉である。雄二は嫌な予感がした。


黒豹はプロジェクトチームの全体会議に、いつも出るとは限らなかった。だからといって、住吉を信じてまかせきりにしているはずはない。

雄二は多忙をきわめたが、週に二度は進行状況を黒豹に報告することにした。丸田の警告を受け入れたのである。住吉がいっしょのときもあれば、そうでないときもあった。

黒豹は、不気味なほど意見を述べない。大きな目を見開き、まるで怒りでも押し殺しているかのような表情で、じっと聞き役に徹している。そんな黒豹のまえに出ると、住吉は異常なほど緊張した。からだも顔もこわばって、みていて気の毒になるほどだ。

「怖いんですよ、おれ……。あんな社長は、みたことない」

「鬼山さんは、戸惑っているだけだよ」と雄二は、住吉の不安を取り除くべくいった。「次第に慣れてくるさ」

「そうでしょうか」

しかし、黒豹を恐れているのは、住吉ばかりではなかった。

一月半ば、会社の新年会が催された。雄二は、正直なところそれどころではなく、住吉でさえ微かに難色を示したものだった。だが、毎年恒例の行事とあっては、断るわけにはいかない。まして、プロジェクトチームのメンバーは、会社の中核をになう社員たちである。とても欠席できない。

意外だったのは、雄二が招いた公認会計士や、丸田の反応だった。

「ぜんぶの社員をいっぺんにみられるから、いい機会じゃないですか」

ふたりは異口同音にいった。それにくわえて丸田は、「会社に溶け込むチャンスですよ」と渋る雄二を励ましたものだった。

新年会は、アルバイトもふくめて百名ちかい社員が、店を閉めてから貸し切りバスや自家用車で鬼怒川の温泉に参集し、一泊するのである。いや、それのみならず、食材の納入業者など取引先も呼び寄せられるから、総勢百三十人ほどになる。旅館は貸し切りだ。

思い思いに温泉に入ってから、深夜の宴会がはじまる。揃いの丹前を着て、大広間にずらりと居流れるさまは、一種異様な迫力があり、雄二は圧倒された。

みなが着席したところで、司会者の呼ぶ声にしたがって、黒豹が中央のステージに登場する。

一瞬の沈黙。そして、割れんばかりの拍手が起きた。

それが静まり、黒豹がスピーチをするあいだ、咳ひとつするものとてなかった。みなじっと黒豹を凝視して、耳を傾けるのである。

だれもが、黒豹を畏怖していた。

10

二月に入って大雪が降った夜のことだった。

黒豹が雄二を赤坂の寿司屋に誘った。小部屋が予約してあった。

話があるはずなのに、黒豹は一向に切り出さない。刺身をつまんだり、タラバガニをほじくったりして、黙々と杯を重ねる。

やむなく雄二は、プロジェクトチームの進捗《しんちょく》状況を説明した。休日返上して働くメンバーの努力によって、ほぼ順調な推移だった。口調はつい浮いたものになったかもしれない。

黒豹は最初のうちは、うん、うん、とうなずいて聞いていたが、やがて相槌を打たなくなった。手酌の頻度が早まるにつれて、黒豹の内部に何かが沈殿していく。銚子が七、八本空いたころだった。

「なあ、いったい会社はどうなってしまうんだろう?」

黒豹の顔に、かつてみたこともない暗い表情が浮かんでいた。

「……といいますと?」

雄二の質問に、黒豹はぐっと顎を引き、唇を堅く閉じた。間を置いてから、低い声でいった。

「みんな、変な方向に動いてないか」

見開いた目に、異様な力がこめられていた。

「みんな？」

「たとえば住吉だ。あいつ、ちかごろおれをみる目がちがう」

「まさか。あの人に裏表はありませんよ。一生、鬼山さんについていくでしょう」

「住吉は、丸田さんのことを、おれのはじめての先生だ、といったそうだな」

黒豹の心の底で、猜疑心の炎が燃えていた。

雄二は悪寒がした。どこのだれが、そんなつまらぬことを黒豹に密告したのか。

「それは、言葉の綾というものですよ。公開のための先生という意味にすぎません」

「いや、このごろあいつ、何か勘ちがいしている。いっぱしの経営者になった気でいるようだ」

オーナーの意固地さに、雄二は反発するものがあった。

「常務の職責をまっとうしようとすれば、当然の自覚でしょうが……」

いってしまってから、丸田の忠告をおもいだした。

――オーナーに油断するな。

黒豹のなかで、鬱積していたものが爆発した。

「あいつにそんな資質があるもんか！」

――ついに、独裁者の虎の尾を踏んでしまったか。

黒豹から視線をそらして酒をのみながら、雄二は観念した。

怯む気持ちがないではない。しかし、どのみち避けて通れない道である。いうべきことはいうしかない。そうおもうと、不思議と気分は平静になる。

「鬼山さん、住吉さんを信じて登用しなければ、だれを登用するというんです？ 自分ひとりで会社をコントロールできる規模は、とっくに超えています。まして、株式を公開して、もっともっと大きくなろうとしているんでしょうが……。権限を委譲しなければ、それはむりです」

「冗談じゃないよ。何がむりなもんか。おれひとりの力でできるさ」

黒豹は、まるで敵でもみるような目をした。

雄二は、いつだったか、公認会計士が例にあげた企業をおもいだした。

「大きくなった立派な企業には、かならず優れた創業者と、それを支える有能なパートナーがいます。ご存じでしょう？」

「知ってるさ。だが、たったひとりの経営者でやっている企業だってある。司令塔はひとつでいいんだ」

「いっとき良くても、やがて潰れます」

「そりゃ、いいすぎだろ。潰れないところだって、いっぱいある」

黒豹は目に怒りをたたえたまま、口の端に歪んだ笑みを浮かべた。

「だいいち大企業のざまはなんだ。サラリーマン社長の無責任経営のせいで、おかしくなった会社はいくらでもある。銀行はどうだ？　猪狩さんの証券業界はどうなんだ？」

骨身にしみる指摘だった。バブル経済の裏面が次々と表面化する時代である。架空証書による巨額の資金の引き出し、そして不正融資。暴力団への資金提供や、損失補塡。信じがたい事件が続発した。

――この国の大事なものが壊れている。それも大企業の内部で……。

雄二はそう実感している。ゆえに、すぐには反論できない。

「会社というものは、企業家が経営しなければ、潰れる。それがおれの信念だよ。だから、いままでのやりかたでいいんだ」

黒豹は、勝ち誇るようにいった。

「しかし、いま議論しているのは、ろくでもない大企業についてではないのですよ」

雄二は辛うじていった。「これから株式を公開していこうかという企業は、どうあったらいいかということなのです」

黒豹はちらと雄二をみて、コップに酒をそそいだ。からだ全体から、妖気のようなものが漂った。

「……まだわかってくれないようだな」

コップ酒を一息にのみ干した黒豹は、眉を吊り上げ、目をかっと見開き、憤怒の表情をつくった。

背筋を伸ばすどころではなく、胸を張り、両腕に力を溜めた。隆々たる筋肉が、ワイシャツ姿からも想像できる。

――だれかに似ている。

と、とっさに感じ、いつかみた奈良興福寺の金剛力士像であることに雄二は気づいた。武士勃興期の鎌倉彫刻の代表だ。正確な肉体描写でありながら、しかも力感にあふれていた。

――エネルギーのほとばしる時代だったのだ。

圧倒されつつ、そう感じた。まぎれもなく日本人の顔であるが、のっぺりした現代人の顔とは雲泥の差があった。羨ましいとおもった。

黒豹は、あの金剛力士の血を受け継いでいたのだ。

すべてを自分で引き受ける。ありったけのエネルギーを、これぞと決めたものに注ぎ込む。

雄二は黒豹の心が少しだけわかった気がした。来るべきものが来ると予感した。

「株式公開なんか、やめた！」

果たして、黒豹は宣言した。

「やめた。おれは、おれの納得するやりかたでやっていく。公開なんかしなくていい」

雄二もコップ酒にした。やはり、この男を相手に株式公開を勧めるなどとは、まことに矛盾したことだったのだ。放り出すか、と考えた。やるべき努力はじゅうぶんにした。

——衝突したら、引き揚げてくればいいじゃない。

康子の助言が耳によみがえった。かりにこの経験が、サラリーマンとしての失点に数えられても、やむをえないではないか。

酒を呷《あお》った。

腹が決まる。

しかし、口を衝いて出たのは、自分でも意外な言葉だった。

「いや、やめるわけにはいきません」

「何？」

黒豹の目に驚愕の色が浮かんだ。

「やめません」

雄二は再びいった。

「何をいってるか、わかっているのか」

「もちろん」

「そんな資格はない。外部の人間が決めることじゃないんだ。公開するかどうかは、おれが決める」

断固たる口調だが、雄二はその裏に揺らぎが芽生えたのを察した。

「この会社は、いまや、あなたひとりのものじゃない。社員や株主、さらに取引先や顧客のものです。つまり、社会的な存在になっている」

雄二は黒豹の風圧に耐えていった。

黒豹は、何を青臭い、という顔をした。

「この会社は、おれが創りあげたものだぞ。それを忘れちゃいないか」

声の調子がほんの少し落ちていた。

「それはそうです。しかし、あなたが独力で大きくしたわけじゃない。社員がみんなで頑張ったから大きくなった。その社員はいまや公開を望んでいる」

「…………」

「社員に報い、もっといい会社になるには公開したほうがいいのです。また、その可能性はじゅうぶんにありますよ、この会社は……」

「とんでもない。事実誤認だ」黒豹が自らを励ますように声を強めた。「非公開の会社でも、立派なところはいくらでもあるじゃないか。公開ばかりが能じゃない」

「そうでしょうか。密室のなかで、独裁的な経営者が他人の意見に耳をかさず、好き勝手に振る舞えるのが、本当にいい会社ですか」

もう一度、虎の尾を踏んだ。今度は、明確に意識して……。

黒豹が酒をのみ、雄二はタバコを吸った。気まずい空気が部屋中に充満した。

「社員のことを考えるから、やめないのか」

黒豹が詰問する。

雄二は自問自答した。

そうだろうか。いや、たぶんちがう。

「やりかけた仕事を途中で放棄したくないのです。せっかくの有意義な仕事を……」

本音だった。

「それこそ好き勝手というやつだ」

黒豹は呆れた。

「そうです。好き勝手ですよ。いけませんか」

さらに呆れた。

「とにかく公開はやめる！」

黒豹は絞り出すようにいった。

空気が発火点まで圧縮される。爆発寸前だ。

「もう用はない」

しかし、案外穏やかな声だった。

「会社から出ていってくれ」

「………」

馘《くび》になったのである。

外に出ると、いつの間にか、雪が五、六センチ積もっていた。その上を吹き渡る風が冷たかった。だが、気分は晴れ晴れとしていた。

妙な具合だった。

11

翌朝、雄二はいつものように出社した。

神楽坂の歩道は、商店街の店員たちが除雪の最中で、まだあるきにくかった。雪国を知らない雄二は、おそるおそる緩やかな坂道をあるいた。

雪景色はみている分にはいいが、生活するとなると、やはり温暖な地がいい。康子は我孫子に住むことに難色をしめしたが、雄二だってちかごろは伊豆か静岡あたりで暮らしたい。そのおもいは年々つよくなる。

それにしても、昨夜以来ずっと気分が平静なのは、われながら不思議だった。もっと興奮したり、落胆するのが普通だろうが、感情の動きはきわめて少ない。

酔いのせいがあるにせよ、朝までぐっすりと熟睡できた。いいたいことをいったからだろうか。

昨夜の黒豹とのやりとりは、決して酔っぱらったうえでの議論ではない。だが、それにしても、酒席の話であることにちがいはない。誠なら誠で、白昼きちんと通告してくれという気持ちだけは強くある。それならそれで、やむをえない。

朝一番で話し合おうと決めていたが、いつも社員とおなじ時刻に出社する黒豹は、なかなか現れない。そうこうするうちに昼食時になり、住吉が蕎麦屋にいこうと声をかけてきた。

「こんな天気の日は、これにかぎりますね」

住吉は鍋焼きうどんをすすりながらいった。雄二はテンプラ蕎麦だ。高知育ちの住吉や黒豹は、蕎麦を好まない。

「社長はきょう、どこかに回るんだっけ？」

雄二がたずねると、住吉は怪訝そうな顔をした。

「あれ、猪狩さん、夕べ社長といっしょじゃなかったんですか」

「そうだよ、ちょっとのんだ」

「へえ、おかしいな。今朝早く、わたしの家に社長から電話がありましたよ。三日ほど留守にするから頼むって」

「どこに行くって？」

「わたしもきいたんですよ。こんなこと、ほとんどないから。でも、はぐらかされた」

「声の調子は？」

「普通でした。……夕べ、何かあったんですか」

住吉は雄二の目をみつめた。もともと勘のいい男である。が、どこまで察しているか。……もちろん、話すわけにはいかない。

「べつに。例によって公開の話をしただけだよ」

「そうですか。それにしても変だなあ。あの人が三日もあけるなんて」

「少し疲れているみたいだったから、温泉にでも行ったんじゃないか。はら、若い女とでも」

もちろん住吉は笑わなかった。それどころか、目が怯《おび》えていた。

「社長は失踪したかもしれない」

さすがに不安になって、雄二が康子に告げたのは、二日目の夜の食後のひとときだった。

「何かあったのね」

ぜんぶ話した。

「呆れた。そこまでいったの？」吊り上がり気味の目を丸くした。「あなたがそこまでやるとはねえ。腹がすわったというか、大胆だというか……」

「まずかったかな」

「気が小さくて、心は優しいのに、やるとなると徹底的にやるし、むこうみずなんだよね」

「何でまた出ていっちゃったんだろう？」

また目を見開いた。

「わからないの？」

「出ていくとまでは……。だっておっぽり出されるのは、こっちのほうだとばかりおもっていたからな」

「社長はあなたたちに嫉妬したのよ。寂しくなったのね。蚊帳《かや》の外に置かれたような気がして。きっとはじめての経験なのね」

「もっともっと強い人だとみてたんだがな」

「強い人や成功者ほど、嫉妬心も強いのよ。知らなかった？」

「ああ。おれは強くないし、成功者でもないからな」

「嫉妬心だけじゃない。猜疑心も強いのよ」

黒豹の顔には、ぞっとするほどの翳が差していた。ふだんは明るく陽気で精力的な黒豹が、正反対の眼差しを向けてきた。よりによって、ナンバーツーの住吉を疑ったのだった。成功者たちの胸の奥に巣食っている宿痾《しゅくあ》なのだろうか。

「じゃあ、どうすればよかったんだ？」

「決まってるじゃない。優しく慰めてやればよかったのよ。女たちはみなそうする。その知恵があるわ。それをあなたは反対のことをした。それも、とことんやった」

そこまでいって、康子ははっと気づいた顔をした。

「……あなた、わざとやったんでしょう？」

「何のことだ？」

「しらばっくれないでよ。覚悟のうえで、社長の意識改革にのりだしたのね」

「公開準備を軌道に乗せるために、意見具申しただけだよ」

「そうかしら……」

康子は首をかしげてココアを飲んだ。

「考えてみれば、あなたは公認会計士や経理担当者など、息のかかった人を会社に引き入れた。さらにそのトップに住吉さんを据えた。社長が絶対に切れない人を……。つまり公開のプロジェクトを潰せないように社長を包囲して、それから仕掛けた。そうでしょう？」

「それは深読みというものだよ」雄二もココアを飲み、タバコを吸った。「おれは、きみという軍師のアドバイスにしたがって、適材を選んだだけだ。それが逆効果らしくて、馘を宣告されてしまったんじゃないか」

「馘といったって、会社に行ってるじゃないの」

「それは、しらふのときに宣告してほしいからさ。時間の問題だよ」

「でも、会社からいなくなったのは、あなたじゃなくて社長のほうよ。この事実が何よりも雄弁に真実を物語っている」

「推理ドラマのみすぎじゃないか」

「……あなた、ワルなのねえ。はじめて知ったわ」

康子は目を輝かした。

「わたし、ワルって大好き。あなたは、やりたいことを絶対にやり遂げる。そういう男なんだ」

「だれの話をしてるんだ?」

雪はあれ以来降らないが、遊歩道のむこうの堤の下に、残雪の塊がある。まるで北国の沼のような風情だ。

「名探偵にたずねるけど、どうすればいい?」

「証券会社に戻ってからのこと? 転職でも考えているの? べつに反対しないけ

ど」

「いや、おれのことじゃない。社長の失踪の件だ」

「自分の心配はしてないの？」

「してるさ、大いに……。でも社長が戻らなきゃ、おれの身のふりかただって決められない」

康子はまた小首をかしげてココアをのんだ。ものごとを考えるときの癖だ。それをみていると、雄二はいつも女子大生のようだとおもう。三十六歳なのに、内面はともかく、外見はあまり歳を感じさせない。

「放っとけばいいのよ」康子は、あっさりといった。「そのうち出てくるわ」

「大丈夫かな」

「死ぬような人じゃないわよ。それに社長の失踪も、あなたの読み筋なんじゃないの？」

「きみは何だかいやに誤解しているな」

「そうかしら。わたしがさっきから何を考えているかわかる？」

「社長の失踪問題だろ」

「ちがうわ。そんなこと考えてない。わたしは、ご主人さまが出向して、株式公開のプロジェクトをやるようになってから、どんどん変わってきたとおもっているのよ」

「どんなふうに？」

「いいたくないわ」

「変わってないさ、何も」

「自分じゃわからないことってあるのよ」

「へえ、それって、いいことなのかな」

康子は答えずに、またココアをのんだ。

四日目、黒豹が出社してきた。康子のいうとおりだった。雄二は喫茶店に誘われた。

黒豹は、いやにすっきりしていた。垢抜けた感じさえ漂っている。

「まだ会社にいたんだ」と、黒豹はおかしそうな、照れたような、変な微笑を浮かべた。

「いいすぎました」と、雄二は率直に詫びた。「女房にも叱られました」

「何て？」

「いえません。……夫婦の秘密です」

黒豹は機嫌のよさそうな笑い声をあげた。

「猪狩さんの奥さんに、ぜひ会ってみたい」

「ひとにみせるほどのもんじゃありません」

「さては美人だな」

「とんでもない。おまけに勝ち気で、お節介な女です」

「ますます会いたいな。そういう女、好みなんだ」

「それならなおのこと、会わせるわけにはいきませんね。盗られちゃ困る」

「おれのほうが、セックスアピールあるからな」

「だれかも、おなじような台詞をいってましたっけ」

「住吉だろ。あいつはおれのまねをしてるんだ」

その名をあげて、ふいにまじめな顔になった。

「あの晩のこと、住吉に喋った？」

「まさか。これでも口は堅いんです」

「嘘つけ」

「え？」

「奥さんには、話したじゃないか」

二の句が継げなかった。まったく油断がならない。黒豹は、コーヒーを一口のんでからいった。

「あの夜、おれのほうもいいすぎた。あと味が悪くて、温泉につかりながら、じっくり考えた。……会社のことをおもうから忠告してくれたんだと骨身にしみた」

「意見の対立は、根本的なものでしょうね」

「もちろんそうだ。おれだって猪狩さんの意見に屈したわけじゃない。が、対立は仕方ない。立場がちがうからな。これからは、おれも遠慮せずにチームのみんなに意見をいうようにする。猪狩さんは猪狩さんの意見をいってくれ。堂々と激論を戦わそうじゃないか。そして、あるべき会社の姿をみつけよう。仕事、つづけてもらえるだろうか」

明るく精悍な黒豹に戻っていた。いや、黒豹は一皮剝けたと、雄二は信じたかった。

「喜んで」

黒豹が手を差し出し、雄二は握った。分厚くて頑丈な掌《てのひら》だった。

「いい温泉だったようですね」と雄二はたずねた。

「うん、山形の銀山温泉という鄙《ひな》びたところでね。細い川をはさんで、古い木造の宿屋ごとに橋が架かっているんだ。雪景色がじつにいい」

行けばおれも変われるだろうかと雄二は考えた。

「そうだ、公開のめどがついたら、奥さんと行ってみたら」

公開という言葉を聞いて、雄二は仕事が成功することを、やっと確信したのだった。

第三章　飛ばし

1

「鴨川に行くまえは、いまにも死にそうな状態だったけど、帰ってくればきたで、深刻そうな顔なのねえ。黒豹さんと、たっぷりのんだんじゃなかったの？」

日曜日の夕刻、庭のかたすみで青紫色を濃くしはじめた紫陽花《あじさい》をながめていると、斜め上から声が降ってきた。台所仕事に一区切りついた康子が、うしろに立って観察していたらしい。

「のんださ、もちろん。黒豹との仲は、酒と仕事抜きには考えられないもんな」

ちょっと投げやりにいい、庭から目を離してソファに横ばいになった。

「なあ、あの紫陽花、あんなに大きかったっけ？」

植えたときは、ほんのひとかかえほどだった記憶が残っているが、いまや大人ふたりが両手をいっぱいに広げても、つかみきれない枝ぶりである。

「そう、ずいぶん生長が早いわね。あなた、だれに頂いたか、おぼえている？」

「たしか、野々村さんだ」

「ふうん、もうすっかり忘れたかと思っていたわ。そう、哲也が小学生になった記念にと下さったのよ。だから、七年まえになるわ。大きくなるのも当然よね」

紫陽花は庭のほかの樹木を一瞬のうちに圧倒する存在になったかのようである。だが、ここまで生長する年月のあいだに、雄二は公開引受部から黒豹の会社に出向し、いまは経営企画部だ。大きくなるのもむりはない。

それにしても、会社の立場の変化に換算しないと、歳月を実感できなくなっているのかとおもうと、かすかに戸惑いをおぼえる。

「で、死ぬほどのんで、仕事の話をしてきたの？」

「いや、それだけじゃない」

強く否定したのは、康子の質問にからかう調子を感じたからだ。

「仁右衛門島というところにも行ってきた」

「まあ、めずらしいこと。どんな島？」

「鴨川のすぐちかくの島さ」

少しむきになっているのか、頼朝の隠れ穴や日蓮上人の説明をした。

「箱庭という言葉があるけど、箱島というべきだな、あれは」

「かわいらしいんだ。わたしも行ってみたいなあ」

康子は視線を泳がせ、それをみていると、雄二のまぶたの奥に陽光を浴びて凪《な》いでいる海が蘇ってきた。きのう訪れたばかりなのに、遠い昔のように感じられた。

紫陽花の話のときもそうだったが、時間の経過というものが、からだの実感とずれが生じている。これはいったい、どうしたことなのだろう。自分がふわりと宙に浮いているような頼りなさがあり、雄二は居心地の悪さをおぼえた。


わたしも仁右衛門島に行ってみたいという康子の言葉に、非難のニュアンスはこめられてなかったが、雄二は少しばかり胸の痛むおもいがした。

最後にいっしょに、旅行らしい旅行をしたのは、黒豹の会社に出向する二年ほどまえだから、もう六年になる。バブル景気の最終期で、給料こそよかったものの、仕事は多忙をきわめており、いわば金を使う暇のない状態だった。それを何とかやりくりして、スペインへ八日の旅に出た。

だが、横着をして、パック旅行にしたのがいけなかった。慌ただしいことこのうえもなく、旅行というより移動だった。寺院、宮殿、城、それに風車までもが、ぎゅうづめにコースに組み入れられていたが、滞在時間は短く、ほとんどが素通りに近い。たとえば美術館では、康子は少なくともまる一日は鑑賞したいといったが、二時間もいられなかった。

楽しみにしていた食事もまずく、終わりのほうになると、康子は料理の大半を残した。鳥のモモ肉を焼いたのが出た夜は、とうとう手を出さなかった。

「これなら、東京のスペイン料理のほうが、よっぽど旨《うま》いんじゃない？」

と、康子は呆れた。雄二にしたって、田舎のレストランの、大皿に盛られたムール貝だけが、記憶に残っているありさまだ。

成田に帰り着くと、ふたりは空港内のレストランで、腹いっぱい寿司をつまんだ。

「やれやれ、これでやっと人心地がついたわねえ」

日本茶をすすりながら、康子はため息をついたものだ。

あれ以来、康子はふたたび海外へ行きたいといいださず、また国内でも、ふたりでゆっくり旅行したことがない。黒豹は株式を公開する目途がついたら、いっしょに山形の奥の銀山温泉へ行けと勧めたが、公開などとっくに終わったのに、それすらまだ実現してないのだ。

もっとも、康子が旅をしていないというのではない。学生時代の友人や、PTAの知り合い、それにオーケストラの仲間と、四季折々、うまくローテーションを組んで出かけている。たぶん雄二と行くよりも、そちらのほうが楽しいにちがいない。

一方、雄二のほうも、このところ環境の変化が激しく、たまの休日には、ごろ寝をしているほうが楽だ。ふたりの生活は、ずいぶんまえからすれちがっている。鴨川行きにせよ旅行をせがまれたのは、おもえばずいぶん久しぶりのことであった。

「仁右衛門島みたいな素敵なところに行けたのに、紫陽花をみながら、なんであんなに深刻な顔をしていたの?」

康子は奇妙な生き物をみるような目をしてきいた。答えるには、ちょっと面倒な質問だ。

「なんでって、……いやな話が出たからさ」

ふうん、という顔をしてから、ばっさりと切り捨てる口ぶりでいった。

「ぜいたくなのね」

万事に容赦がないのは中年女の性癖だ。しかもおもったとおりの言葉をそのまま口にする。相手にどのような心理的な影響を与えるかなどは考えもしない。

男はそうはいかない。会社に入り、他人と協調してやっていかなければ、組織のなかで相手にされなくなるという不幸な事例をたっぷりみせつけられている。で、自然と自己検閲して言葉を選ぶようになる。もうひとつ、男は伝えたい何かがあるから話すが、女はたんに話したいから話すという根本的なちがいもある。

いまどきは、男のほうが、よほど女々しいのではないか。優しさとか思いやりは、男の属性ではないかとさえおもわれる。少なくとも、雄二たちから下の世代にとっては……。大正時代や昭和初期のころの女と、いまの女とは、まるでべつの生き物ではないか。

「……ぜいたくだろうか」

少しむっとして反論した。不良債権隠しの「飛ばし」について、黒豹から生々しい体験談を聞き、どうして晴れ晴れとしていられるだろう。だが、康子は、雄二の心の動きを察しない。

「もちろんぜいたくだわ」といいはなつ。「二、三日に一回、素晴らしい体験があれば、それでもうじゅうぶんに幸福ってことなのよ」

目には自信に満ちた輝きがあり、顔はおごそかでさえある。雄二はいまのいままで、宗教家か哲学者と結婚したとは知らなかった。反抗心は、たちまちのうちに萎《な》えるのである。

「でも、素晴らしい経験なんて、めったにないから、わたし、ちょっとした工夫を考えたのよ」

康子は悪戯《いたずら》っぽい目をした。

「夜、お布団に入ったら、きょうはどんないい出来事があったかしらと考えるの。すると、かならず何かがあるのよね。それで心が安らぐわ」

「一日のいい出来事って、たとえば何？」

ソファに浅く腰かけ背筋を伸ばしている康子に、雄二はたずねた。

「たいしたことじゃないわよ。プールで泳いですっきりしたとか、ヴァイオリンの練習でうまく弾けたとか、おもしろい推理小説を読んだとか……」

「ずいぶん高尚じゃないか」

「そうかしら。仁右衛門島に行って海をみるとか、潮風を胸いっぱい吸うのにくらべれば、日常的なことよね。それにスイミングは週に一回だし、ヴァイオリンはなかなかうまくならないの」

「スイミングやヴァイオリン以外にもあるんだろう？」

「さらに日常的な、瑣末《さまつ》なことよ。仲間とお茶をのみながら、おしゃべりして楽しかったとか……」

「ああ、あれって楽しいらしいな、女性にとっては」

「男の酒とおなじだとよくいうわね。でも分析してみると、わたし、ささやかな努力をしているのよねえ」

どんな、ときくと、康子はちょっと照れた表情を浮かべ、口をつぐんだ。

「なんだ、いえよ」

「いやよ、恥ずかしい」

「夫婦の仲だろ、秘密はよくない」

「へえ、そう。あなたに秘密、なかったっけ」

「ない。断じてない。……つまらん昔話はよそう」

「わたし、向上するのが好きみたいなの」

はじめてきく告白であった。

「スイミングもヴァイオリンも、たぶん、それでやっているのよ。もちろん才能はないから、プロになろうなんて望みは持ってないけど、自分なりにうまくなっていくのが好きなの。その楽しみのために努力しているんだわ、きっと」

いいきると、康子から羞恥心は消えていた。宗教家とも哲学者ともちがう、すっきりした顔でキッチンに戻った。

いつの間にか、黄昏《たそがれ》が忍び寄っており、紫陽花が薄れゆく残光のなかに溶けはじめた。ふと雄二は、さっきまでの沈痛な気分が、からだから離れていったのに気づいた。

そのかわり、おれは楽しみをみつけるために、どんな努力をしているのだろうかという疑問がめばえた。いや、そもそも、楽しみをみつけようという気持ちさえ、とうに失ってしまっているのではあるまいか。

したたかに楽しみをみつけ、充実した日々を送っている康子が羨ましかった。それにしても、いったい、いつの間に康子は、そのような生活の術《すべ》を身に着けていったのだろう。どうしてこんなに落差がついてしまったのか。

おれは、入社以来、会社の仕事に忙殺されていたから仕方ない——と、断定できれば、いっそ気が楽だ。そう割り切りたいとおもう反面、それは言い訳にすぎないという声が、脳細胞のどこかから出てくる。

だいいち、寝る間もなく哲也を育て、家庭をかえりみない夫を当てにせず、家事に追われていた康子だって、そうそう暇ではなかったはずだ。

一方、おれのほうは、仕事が忙しかったといっても、無駄な仕事、やらなくてもすむ仕事に、ずいぶん時間をとられていた。夜は夜で、さっさと家に帰ればいいものを、同僚たちとの慢性的なつきあい酒に費やした時間は、のみ干した酒の量とおなじくらいに膨大だ。

それに休日だってあったのだ。勉強に時間をとられたのは事実だが、それでは時間の使い方がうまかったかと問われれば、胸をはって、そうだとはいい切れない。

どうも、時間のやりくりの技術が、康子とは決定的にちがうのではないか。技術というより、心構えのちがいだろうか。

年齢の差なのだろうか、という気もする。

あと数年で五十の大台にのる雄二からみると、四十歳の康子は、じつに若々しい。肌の色艶だって、そんなに衰えていない。からだは猫のように、しなやかで敏捷だ。そのからだから発するエネルギーは、もう雄二の手に負えない。昔は、四十の女なんて老婆だとおもっていたが、それは大変な誤解であったのだ。

それにしても、康子との生き方のちがいを、いまごろになって気づくとは、あまりに迂闊《うかつ》な話ではないか。もう十八年もいっしょに暮らしているのに……。

「あなた、用意ができたわよ」

康子の呼ぶ声で、雄二はわれに返った。

2

テーブルの上には、山盛りのキャベツを添えた豚肉の生姜焼きがあった。皿の端には、ザックリとふたつに割ったレモンが黄色い色を放っている。

昨夜の酒で疲れた胃袋にとって豚肉はありがたいメニューでないが、房総では魚づくしだったろうからという康子の心遣いがうかがわれる。あるいはまた、明日から一週間は会社だから、たっぷり栄養をつけてがんばってね、という励ましかもしれない。ビタミンCもとって、野菜も食べなさいよ、と。

ふいに、結婚以来、このように巧みに、働かされつづけてきたのではあるまいかという妄想が浮かぶ。おれが働いているあいだ、康子はプールへ行き、ヴァイオリンを弾き、推理小説を読み、ケーキとコーヒーで仲間とお喋りに興じる……。

男はじつは女の奴隷なのではあるまいか。女の心配りとは、その労働にたいする報酬なのではないか。奴隷が一日中働き、そして日の終わりに、憂さ晴らしのための、ささやかで能のない酒盛りをして家に帰るまで、女主人は暇をもてあまして、貴族的な趣味を磨きに磨くのだ。このような不公平が、どうして許されるのか。

仕事をやりたい女には、どんどん職場を開放すればいいのだ。出世したい権力志向の女は、かたっぱしから登用する。たっぷり残業をやってもらい、日の終わりには、憂さ晴らしのための、ささやかで能のない酒盛りののちに、午前様で家に帰るのを許そう。たまにはホストクラブに寄ったらいい。言葉巧みなホステス、いやホストにだまされていると承知のうえで、酒をのむ虚しさも経験するがいい……。

しかし康子は、雄二の胸にやどった、やり場のない、どす黒い感情などよそに、平然と生姜焼きを口に運んでいる。上が薄く、下はやや厚い唇が、まるで独立した生き物のように、食べものをくわえる。

ほっそりとした顎がリズミカルに動いて、それを咀嚼《そしやく》する。歯は先月、大金をはたいて治療を終えたばかりだから、スルメでも何でも噛めると自慢していた。生姜焼きを噛み切るくらいわけもない。

長くかたちのいい喉が動いて、のみ込む。やや吊り上がり気味の、切れ長の目が、うっとりとしている。

雄二は、はじめて会った女をみている気がした。

康子は視線を感じたのか、雄二に目を向けた。

「なあに？　どうかしたの」

「いや、なに、きみがとってもきれいだからさ」

「まあ、そんなことといっちゃって」

康子は相好をくずして、楽しそうに笑った。

「……ところで、哲也が下りてこないな。働きづめの父親の姿に感じ入って勉強中だろうか」

ちかごろ、とみに口数の少なくなった息子でも、休日の夜の食卓にいないとなると、やはり寂しいものがある。

「大介くんと遊ぶから、少し帰りが遅くなるそうよ」

康子の顔が、ちょっと曇っている。

「大介くんって、だれ？」

「そうか、あなたにはわからないわね。小学校からのお友だちよ」

「何をして遊ぶんだろ？」

「知らないわ」

「あいつ、まだ中二だろ」

おもわず声が尖った。

「いまにはじまったことじゃないわよ。あなたはいつも遅いから気づかなかっただけで、夜遊びはしょっちゅうよ」

またひとつ、闇のなかから新たな事実がぬっと姿を現した。それで雄二はずっと気にかかっていた質問をせざるをえなくなった。

「学校を休みがちだといってたな」

「そうよ。何かと口実をつくって休むのよ。やれ熱が出た、やれ胃が痛いって」

「本当に具合が悪いんじゃないのか」

「ひたいに手を当ててみると、熱なんかありゃしないのよ。すぐに手は払いのけられるけど……。胃のほうは、真偽のほどはわからないわ」

雄二の胃がきゅっと痛んだ。

箸を置いて、使いたくない言葉を口にした。

「不登校なんだろうか」

康子の幸福に満ちた表情が一変している。

「たぶん、ちがうとおもうわ。よくわからないけど」祈りがこめられていた。「そこまで頻繁には休まないのよ。月に二、三回といったところかしら」

その回数が不登校に該当するかどうかの知識を雄二も持ち合わせていない。しかし、不登校の生徒の数が、膨大なものであることくらいは、新聞やテレビの報道で見聞きしている。よそごとではかたづけられないとおもいつつも、わが家とは無縁であってほしいと願う。

押し黙ったまま食事をつづけた。生姜焼きのしつこさが気にならない。好物のナメコの味噌汁も何の味もしない。康子も先ほどとは打って変わって、機械的に箸を動かすだけである。

ふたりは沈痛な表情で、そそくさと食事を終えた。

テレビのニュースが、オウムのサリン事件の続報を長々と伝えている。無表情なオウムの幹部は、このところ頻繁にテレビに出ていて、まるでスターなみの扱いだ。

アナウンサーは、阪神・淡路大震災後の神戸市のある市場が、共同仮店舗で営業を開始したと告げた。警察庁長官の狙撃犯は、まだ捕まっていないらしい。

「今年はちょうど、戦後五十年になるんだ」

雄二は、みるとはなしに見ていたテレビに、話の接《つ》ぎ穂を求めた。

「でも、何もめでたくないな。日本が安全な国だという神話も崩れてしまった。戦後、最悪の年だな」

「そうかしら」康子が、半ば上の空でいった。「どうして、そういい切れるの？」

「だって、六千人以上がいのちを落とした地震があったのに、政府の対応は遅れに遅れ、自衛隊もなかなか出てこない。五、六千人が死傷したサリン事件だって、事前に手が打てなかった。しかも、警察のトップでさえ、簡単に狙撃され、犯人の見当もつかないありさまだ。政府や政治家は、国民を守ってくれないんだという事実を、みんな知ってしまった。戦後半世紀かけてつくった国って、こんなものだったんだな」

「わたし、もともと信じちゃいないわよ、政治家も政府も、それから教師も……」

康子はポットからお茶を淹《い》れていった。

「教師との面談があったとき、あるお母さんが質問したの。うちの子は勉強しなくて困ってます、どうしたらいいんでしょうかって。そのお母さん、もっとちゃんと教えて下さいって、教師にいいたかったんだとおもうわ。でも、子供を人質に取られているじゃない。露骨に抗議できないのよね。その教師、何て答えたかわかる？」

見当もつかない。だいいち雄二は、一度も教師に会ったことはなかった。黙ってお茶をのんだ。

「塾にやりなさい、ですって……。みんな、開いた口がふさがらなかったわ」

康子は、怒りと絶望の混じりあった表情をした。

「わたし、学校なんて、いらないと思うわ。塾と寺子屋みたいなのがあればいいのよ。教育をやりたい人がそれを経営すれば、不登校などの問題の大半なんて解決するわ。真剣に子供を教えたいという熱意を持っている教師なんて、これまで会ったことないもの。サラリーマンよ、みんな。自分の生活のことばかり考えている、無責任なサラリーマンよ」

雄二は、おもわず康子から目をそらした。

3

「わたしね、哲也の中学には、もともと心配があったの」

康子はお茶を啜《すす》りながらいった。

「時代錯誤っていうのかしらね、スパルタ教育で評判のところだったのよ」

「スパルタ？」

何だか、いやに懐かしい言葉だ。

「まずね、男子は坊主頭を強制されていたの。もちろん、制服もあるのよ。黒い詰め襟」

「ふうん。でも、おれが高校のときもそんなだったぜ。頭は五分だか六分に刈って、黒い制服だった」

　何が不満だ、と雄二はおもう。男らしくていいではないか。

「平気だったの、あなた？」

「ああ、とくに……」

「へえ、従順だったんだ」

　康子の目に、蔑《さげす》みの色が浮かんでいる。

　従順？　だれかが、いつか、そんな言葉を口にした。野々村さんだったろうか。たしかに学校では従順に勉強し、会社でも従順に仕事をしてきた。そういう世代だ。

「それだけじゃないのよ。学校で何をやらされていたか、見当がつく？」

「いや……」

「たとえば掃除。冬でも裸足《はだし》で、廊下なんかに雑巾掛けをさせられる。這いつくばって、ピカピカになるまで磨かせられるのよ。手を抜けばすぐ殴られる。自分の学校をきれいにする気はないのかってね。刑務所の囚人だって、裸足ってことはないんじゃないの」

「そりゃ凄いな」

「親たちはみな知っているのよ。知っていて文句をいわない。みんな従順で、無気力で、臆病だからね。子供たちは、そんな大人を、尊敬していなかった。まだあるのよ。教えようか」

おれも、きっとそんな大人のひとりだろうかと雄二はおもう。

「ああ、教えてくれ」

「朝早い時間と夕方、部活を強制されるの」

「部活をやるかどうかは自由じゃないんだな」

「そう、強制。しかもこっちは刑務所じゃなく軍隊式。びんびん鍛えられる。でも、罰はおなじ。ちょっと休めばやはり殴られる。そんなわけで学校で教師に殴られなかった子なんて、ほんの一握りだったそうよ」

「じゃあ、部活に入らなければ、どうなるんだ？」

「それは帰宅組と呼ばれるの。やる気がなくて反抗的とみなされる。あらゆる場面で差別される。どう、こんな中学って楽しいところだと思う？」

はじめて聞く話に、雄二は身を乗り出した。

「何でまた、学校はそんなに厳しかったんだ？」

雄二の問いかけに、康子は淡々と答えた。

「理由は一応あったのよ。あの中学、不良の溜まり場だったらしいの。それで校長がことさら厳しい方針を打ち出したのね。わたし、哲也みたいな子はそんな校風になじまないんじゃないかと心配していたのよ。ところが、さすがにお母さんたちが反逆した。哲也が入るほんの少しまえよ。何をやったと思う？　教育委員会に直訴したの。やたら体罰を加える校長を替えろってね」

「当然だろうな」

「まあね。でも、それで学校はどうなったと思う？　あらゆる意味で、教育することをやめたのよ。勉強したければ塾へいけっていうようになるまで、ほんの一、二年よ」

「それはまた、極端から極端だな」

「親たちがそんな学校を求めているなら、そうしてやろうじゃないかって、今度は教師が開き直ったのね。それがあの中学の現状よ。たぶん、もっともっと悪くなるわよ、学校は……」

学校だけじゃない、と雄二はおもった。この国では、何かが腐りはじめているんだ、と。

「わたし、哲也に学校へ行けと口やかましくいってるでしょう？　でも、これって本当は滑稽なのよね」

雄二はリモコンでテレビを消した。

「学校なんかに多くを期待しちゃいけないと内心ではおもっているの。それに、陰険ないじめだってあるらしいし……。哲也みたいに繊細な子には耐えられないかもしれない。学校を休みたいというのも直感としてわかるわ。それでもなお学校へ行けっていってしまう。わたし、矛盾したことをやってるって自己嫌悪におちいるわよ」

康子は眉間にしわを寄せ、年齢相応の顔をみせた。

「だれだって矛盾をかかえて生きているといったのは、きみだったじゃないか。あまり気に病まないほうがいいよ」

なぐさめるつもりであった。だが、効果はなかった。

「そうはいかないわよ、自分の子のことともなれば」

哲也は、小学生の低学年までは、トップクラスの成績だった。親の贔屓《ひいき》目であるが、賢そうな目と感受性の強そうな顔だちをしている。性格も素直だ。申し分のない子供だった。この分ならそこそこの進学コースに乗れそうだと、雄二も康子もよろこんでいた。

それが高学年になると成績がしだいに下がりはじめ、中学に進学してからは、あっという間に下から数えるほうが早い位置に定着してしまった。なまじ期待をいだいた時期があっただけに、失望は大きかった。

それがいまでは学校に行くか行かないかの問題にまでなっている。やたらに反抗的で、康子には乱暴な口を利く。なぜか束の間のうちに別人のように変わってしまった。

「哲也は、勉強が嫌いなんだろうか」

雄二は、からだの底から力が失せてゆくのを感じた。

「どうかしら。少なくとも学校は好きじゃないみたいね」

「小さいころは本を読むのが大好きだったよな」

「いまでも本は読んでいるみたいよ。もっとも、漫画雑誌のほうが多いわね。それと部屋にこもって、テレビゲームをやっている時間が長いようよ」

康子は遠くをみる目をした。

遊歩道も堤も闇に溶け込んでいた。

「成績の優秀な子と、その親はいいわよねえ。とりあえずコースに乗っかっておいて、ある年齢に達したら、多くの選択肢のなかからやりたい仕事を選べるもん。……わたし、つくづく感じるんだけど、子供のいない人や優秀な子供をもった人って、きわめて合理的で力強い考え方をするわね。成績の悪い子はどうしようもないもんだと割り切るの。悪いものは悪いってね」

康子は深いため息をついてつづけた。

「それとね、子供のいない主婦って、毅然としていられるのよね。正論をいえる。理不尽なことには頭を下げない。あなたの好きな野々村さんの奥さんもそうよ。成績のいい子の母親もそれにちがいわ。でも、成績が悪かったり、悪さをする子供をもった母親は、そうはいかない。どこでどう人の世話になるかわからないし、現に悪さをして迷惑をかけているかもしれないじゃない。だから、いつもおどおどしているの。つい下手に出てしまう。簡単に頭を下げてしまう。何も悪くないとおもっていてもよ。そして、自分の意見はいわないようになる。もちろん、教師に対しても……。この気持ち、あなたにわかる?」

雄二は立ち上がり、インスタント・コーヒーを淹れた。プライドの高い康子が、それほどまでの屈折した心情をさらけだすのははじめてだった。

「あなただって、本当は成績の悪い子の気持ちなんてわからないでしょう?」

康子は追い討ちをかける。

「きみの夫はそんなに成績はよくなかったよ。大学だって二流どころだし……」

「でも、入りたい会社に入れたじゃない」

「いや、そうじゃない。何となく入っただけだよ」

「でも、入れたでしょう？　入れるのと入れないのとじゃあ、雲泥の差があるのよ」

断言した康子の、引き締まったからだ全体に、圧搾空気じみたものが充満していく。

「哲也は、どこにも、行き場がないのよ」

康子の口を衝いて、低いが叫び声のような言葉が出た。雄二は稲妻に撃たれたような気がした。

「いまの学校が嫌いなら、それもしかたないわ」と康子はつづけた。「でも技術を身につけさせようにも、専門学校にはあの年齢では入れないでしょう？　あの子、迷っているのよ。なのに、わたしは学校に行けとしかいえない。あなたは放っとけという」

康子の大きな目に透明の膜ができ、やがてそれは粒となって頬を伝った。撫で肩が小刻みに揺れた。康子は音を立てて椅子を引き、小走りに階段を上がっていった。

雄二は冷蔵庫を開け、缶ビールを取り出そうとした。しかし、少しものみたくなかった。あの威勢のいい黒豹と別れたのが、きょうのこととは、とてもおもえない。

ソファのあるリビングに移りもせずに、ダイニング・キッチンで茫然としていた。

コーヒーを二杯のみ、タバコを五本吸った。行き場という単語が、澱んで混濁した意識の底から、何度も泡粒のように浮かんでは弾《はじ》けた。

康子は、今夜、布団のなかで、どんないいことをおもいだしながら眠るのだろうかと雄二は考えた。

4

月曜日。東京丸の内の本社に通う電車のなかで、雄二は憂鬱だった。

後頭部の奥深い部分を重苦しく占拠しているのは、不登校気味の息子のことだ。「哲也には行き場がない」といった康子の言葉が何度も浮かんでくる。それに混じって、

——じゃあ、おれには行き場があるのか。

という思いが胸を衝く。

康子は今朝になっても持ちまえの明るさを取り戻さず、食事中もほとんど無言だった。

電車が地上にあるうちはまだいい。朝日を浴びてきらめく川の流れがみえるときな

どは、いくらか気も紛れる。だが、北千住をすぎると、地下鉄は闇のなかを走る。永遠につづくかとおもわれるトンネルだ。

轟音。週明けからはやくも疲れ果てた表情の乗客が車窓に映っている。康子の泣き顔がちらつく。駅に停車し、ふっと我に返ると、今度は黒豹の顔が出てくる。

——鰐淵さんが株を二十億円で預かってくれといってきた。

黒豹は鴨川のリゾートマンションでそう告げた。

鰐淵がもちかけた「飛ばし」とは、含み損の発生した株を市場外の取引でだれかに売った形をとるものだ。売値は損失を表面化させないために、時価と乖離《かいり》した価格になる。

鰐淵は時価十三億円の株を二十億円で買ってくれともちかけた。そして、一年後に二十二億円で買い戻すと約束した。黒豹はそくざに断ってしまったから、くわしい内容はわからない。だが、わずかに想像はできる。

たぶん扶桑証券の顧客Aが、簿価二十億円、時価十三億円の株をもっている。

Aは差額七億円の含み損をかかえているわけだが、それを表面化したくない。それで鰐淵が仲介して、黒豹に二十億円で買ってもらう。一年後、Aは二十二億円で黒豹から買い戻す。

あるいは、こうも考えられる。Aが買い戻せない場合は、またべつの顧客Bに二十二億円で買ってもらう。こんどは二十四億円で買い戻すと約束して。

その時点で、株価がいくらになっているかは、だれにもわからない。だが、もし十三億円のままだとすると、含み損は十一億円にふくれあがる。

地下鉄はいつの間にか、三駅ばかり進んでいた。

鰐淵の提案に、疑惑はいくつもあった。

黒豹に引取りを依頼した簿価二十億円の株式の、現時点の所有者Aとはだれか。

以前、その株をAに二十億円で買えと勧めたのは、鰐淵なのか。あるいはべつの社員か。

勧めたとき、扶桑証券はAに利益保証をしたのかどうか。

いや、そのAにしても、黒豹とおなじように、受け皿になってくれと頼まれただけではないか。とすると、もともとの株の所有者は、第三者Xかもしれない。鰐淵が仕組もうとした構図は、つぎのような形だろうか。

X↓A↓黒豹

その場合、Xとの関係はどうなっていたのだろうか。

もし黒豹が引き受けた場合、一年後鰐淵はだれに株を引き取らせるつもりだったのだろう。Aか。それともべつのBに頼むのか。

X→A→黒豹→A（またはB）

AもBも引き取らない場合、その時点の含み損はだれの負担か。扶桑証券なのだろうか。

ここまで考えるうちに、また四つ駅を通りすぎていた。

——これは、しかし氷山の一角にすぎないだろう。

目のまえを流れていく闇を凝視しながら、雄二はおもう。

「さして関係の深くないおれに頼みに来たくらいだ。鰐淵さんはかなりせっぱつまっているはずだ」

黒豹もそう推測した。

——はやく鰐淵に会って、真相をききたい。

雄二はようやく気が急《せ》いてきた。

二重橋前の駅の階段から地上に出ると、むっとする熱気につつまれた。

——今年も猛暑か。

早くも、そう予感させる空気だ。

きっちりとスーツに身をかためた男女の群れが、まるで軍隊の行進のように、足早にあるいている。ビジネスエリートたちは、けっして脇目をふらない。おしなべて無表情である。だが、みな自信をもっているようにみえる。そして、あまたあるビルに吸い込まれていく。

雄二は眩暈《めまい》をおぼえた。子供もいなければ老齢者もいないこの街の出勤風景をみていると、ときどきこうなる。

厄年はどうにか無事に越したが、四十半ばをすぎて体力の衰えを感じる。すぐに疲れる。認めたくないが、精神的なひ弱さを痛感する。

――鰐淵はどうなんだろう?

あるきながら、そう考えていた。

あいつは昔からタフな男だった。

入社してすぐ、雄二は名古屋の支店に配属され、鰐淵は大阪だった。そして、雄二が頭角をあらわしたように、鰐淵の名もしれわたった。社内には表彰制度があり、ふたりはすぐにその常連になった。表彰式で同席する機会がかさなり、おたがいを意識するようになった。

鰐淵はその後、扶桑証券が上場させた重要顧客を相手にする事業法人部門を一貫して歩みつづけた。わかいころはともかく、雄二は鰐淵を出世競争の相手というよりは、生き残った同期の戦友という意識でみていた。何せノルマのきつい会社である。三百数十人いた同期生は、いまや三割ほどに減ってしまっているのだ。

かといって鰐淵とは、とくに親しい間柄ではない。雄二は鰐淵に何か異質なものを感じ、鰐淵のほうもたぶんそうだろう。そういう感情は、不思議と伝染しあうものだ。ただ、鰐淵の強靭な意志の力は、率直なところ尊敬に値した。証券マンとしての適性は、鰐淵のほうが上だろうと認めていた。

だが、いま「飛ばし」の事後処理のような汚れ役で走り回っていて、なおタフでいられるものかどうか。会社へ向かってあるきつつ、ちょっぴり好奇心が湧いてくるのを雄二は抑えられなかった。

十一階の経営企画部に入ると、取締役経営企画部長の今井は、すでに席に着いてパソコンを叩いていた。

強度の眼鏡の奥の目がきつく、雄二に一瞥《いちべつ》もくれない。こけた頬が小刻みに震えている。何かに没頭しているときの癖だ。百八十センチと長身だが、鶴のように痩せている。

朝八時半、雄二が遅刻したわけではなく、今井のほうが早すぎるのである。いつも八時前には出社する。七時半というのも珍しくない。早く出社するのは、仕事熱心なのだけが原因ではない。家は八王子で、体力の消耗をふせぐため、電車にすわって通おうとしているのだ。しかし上司がそうだと、いきおい部下も早くなる。約二十人の部員のほとんどが、もう出ている。雄二はいつも遅いほうである。

今井の顔をみると、鰐淵に会って話をきこうという気持ちが急に萎えてきた。

――それどころではない。

という気がしてくるのである。

まとめつつある業務改善計画は、大詰めの段階にあった。土日に休めたのは、「ちょっと、ここらへんで一息入れよう」と、今井が指示したからだ。

それは、しかし、部下を配慮してというより、自分自身が疲労困憊《こんぱい》の極に達していたからだ。今井は部下の健康よりも、役員の顔色をうかがうほうを優先する。つまり、普通の管理職なのである。

雄二たちが、連日の残業を強いられていたのは、大蔵省検査が原因だった。

昨年秋、二ヵ月にわたって、大臣官房金融検査部による定例検査が行われた。百億円をこえる赤字決算のあととはいえ、検査結果は予想を上回るきびしいものだった。当局の指摘事項は数多くあったが、具体的には三つの点が問題にされていた。

第一は、経営を黒字化するためには、おもいきった合理化をする必要があるということ。

第二は、財務面や資金繰りへの懸念。配当や転換社債をめぐって多額の資金が必要になるが、資金水準が低いということ。

第三は、扶和《ふわ》ファイナンスら不良債権をかかえる子会社の処置が必要だということ。扶和一社だけで一千億円の不良債権があると、検査でつかまれた。

大蔵省は三ヵ月という期間をくぎって、書面による再建策の提出を要求してきたのだった。

扶桑証券の経営陣は緊張した。

大蔵省の要求を受けて、社内ではタスクフォースがつくられた。その名称は業務改善チームだ。

つくるべきプランは業務改善計画案とされた。大蔵省の求めたものは、ずばり「再建策」であったが、あまりに不穏当で社内外に混乱をあたえるという理由で、この名に変わった。会長か社長の指示だという。

各部署からメンバーが厳選された。

委員長には副社長のひとりが就任し、事務局長には経営企画部長の今井が就いた。

扶桑証券では、ここ数代、経営企画部門の出身者が社長になる慣習が定着しており、今井はいまの社長や会長のうけもよく、将来の社長候補のひとりと目されていた。雄二より三期しか上でないが、出世のスピードは桁ちがいで、新幹線と急行列車ほどの差があった。

今井は補佐役に腹心の永田を選んだ。こちらは雄二の三期下だが、役職はすでに雄二とならび、新幹線のレールに乗りつつあった。朝一番に出社するのは、たいがいこの永田だった。

雄二はメンバーの選から漏れ、下請けの作業の取りまとめ役にまわされた。かといって、暇なわけではない。今井や永田の指示にしたがって、膨大なデータをつくらねばならない。

ちなみに、事業法人部門からは鰐淵が選ばれるかとおもったが、べつの男だった。それはともかく、雄二がみても最強の布陣を敷いたにもかかわらず、業務改善計画案はなかなかまとまらなかった。

扶和ファイナンスの処理ひとつとっても、はたして不良債権の金額が大蔵省の指摘した一千億円で正しいのかという事実認定で、議論百出するありさまだ。たとえば扶和の貸付先が破綻しているといえるかどうか、そして担保不動産の価値はいくらなのか。議論は細部にのめりこんでゆき、かつだれも結論をださない。不良債権の金額がきまらなければ、扶和の処理方法も定まらない。

そんな堂々巡りにつきあわされて、雄二たちの作業部隊も右往左往する。一事が万事、そんな調子だった。

おもいきってこの土日、鴨川に出かけたのは、そんな閉塞状況からぬけだして、気分を一新したかったからでもある。それが、もうひとつ悩みの種をかかえこむ結果になろうとは、おもいもよらなかった。

——黒豹の生きている世界とは、何とちがうことか。

席に着き、パソコンのメールを開いて、雄二は溜め息をもらした。

5

大蔵省の定例検査では、雄二が気にかかっている点がふたつあった。

その一は、経営管理体制が杜撰《ずさん》であるという指摘だ。経営全般の問題意識の薄さという表現を使っていた。

検査結果が明らかになって数日後の昼下がり、食後のコーヒーをのみながら今井が述懐した。

「ということは、わが経営企画部のありかたを批判しているわけだ」

自信家の今井は、いささか気分を害していた。

「ちがいますよ。もっと上のことをいっているつもりなんでしょう。どっちみちピントはずれですがね」

すかさず永田は追従《ついしょう》した。ついでに、「しかし、行政がうちに危機感をもっているなんて、よくいってくれますよ」と、矛先を大蔵省に向けた。吐き捨てる口調だった。

だが、雄二には、何となく行政の苛立ちがわかる気がしたものだった。

そして実際、会社は大蔵省の指定した三ヵ月という期限を三月《みつき》経過しても、業務改善計画の成案をえられないでいる。切れ者でとおっている今井も、メンバーの意見を集約しきれず、その一方では明確に方向性をしめさない役員の腹の底が読めず、日に日に焦燥の度を増していた。

雄二は、それなりに過激でまっとうな意見を具申したのだが、今井はそれにも同調できないようである。

——経営管理体制どころではない。この会社には、経営者という名に値する者がいるのだろうか。

雄二の疑問は、この数ヵ月で、ほとんど憤りに変わりつつあった。

大蔵省検査で雄二が気になった二番目の点は、会社が「顧客の要請を受けて、他の顧客との直取引の仲介をしている」という指摘だった。

これこそ「飛ばし」ではないか！

この日、雄二が砂を噛むような作業に、むりやり一区切りつけたのは、午後も遅くなってからだった。二、三度ためらってから、内線電話をかけた。

顧客回りで不在だろうと踏んだのだが、意外にも鰐淵本人が出た。

「ちょっと話があるんだけどな」

受話器が一瞬、沈黙する。雄二の真意を推し量る気配が伝わってきた。鰐淵が黒豹を訪ねて、二十億円の「飛ばし」を頼んでから、まだ幾日も経っていない。

──機をみるに敏な鰐淵のことだ。用件を察知して逃げられるか。

雄二は危惧した。が、それも仕方ない。鰐淵にも立場がある。

「今夜はお客さんにつきあわなきゃならんのよ」

はたして鰐淵は断ってきた。

「いや、夜じゃない。これから」と、押す。

また沈黙。

「地階の喫茶店か」

鰐淵はくぐもった声できく。

「いや、隣りのビルの地下にしてくれ」

「わかった。三十分後に行く」

きっぱりとした言葉が返ってきた。

鰐淵には、若いころから、果断な男を演じたがる癖がある。自分には、そのような資質が欠けていると、自覚するゆえの演技だ。

「ひさしぶりだな」

鰐淵は五分ほど遅れて喫茶店にあらわれた。

白いシャツ、濃紺のスーツ。そして、紺に銀のストライプの入ったネクタイは、律義に太い首を締めている。カフスボタンとネクタイピンは、おそろいの銀の四角い形のものだ。

鰐淵は決して派手ではない。スーツはいつも紺かグレーである。だが、安物を身につけているのを見たことがない。隙のない着こなしと、さりげないお洒落《しやれ》を誇示する。

髪は真ん中寄りで、柔らかく分けている。七三ではない。それが大きな顔によく似合い、年よりも若くみせている。

ワイシャツの袖をたくしあげ、ネクタイを緩めている雄二をみて、すわるなり口にした。

「少し痩せたんじゃないか」

「ああ、陸《おか》に揚がった河童みたいなもんだな」

黒豹の会社の住吉が口にした台詞《せりふ》だ。

「なんだ？　そりゃあ」

「おまえのほうこそ、また太ったんじゃないか」

九十キロにかぎりなく近づいているようにみえた。

「ストレス太りだ。職業病よ」自嘲するようにいった。「経営企画部は、いま忙しいんだろ？　よく抜けられたな」

太い眉の下の目に、悪戯っぽい笑みが宿っている。電話のときに一瞬感じさせた警戒心は、露ほども出さない。

それどころか、逆取材をかけてくる。したたかな性分なのである。業務改善計画に経営企画部がふりまわされ、暗礁に乗り上げていることを、もちろん鍔淵は見抜いている。

「さぞかし、やりがいがあるだろうな」

と鰐淵は探るようにいった。

「とんでもないよ。だから河童なんだ。おれ向きの仕事じゃない」

鰐淵は、意外そうな顔をする。

「ひとも羨むポストにいて、不満なのか」粘っこい目になった。「じゃあ、何が向いてる？　むかし立てつづけに営業本部長賞を取った営業か」

賞を争うライバルだったことをおもいだした。

かつてはそうだった。顧客に儲けさせて、感謝される仕事にやりがいを感じたのである。

「ちかごろでは、ちがうようにおもうな」

あのころの情熱は失せていた。

「じゃあ、公開引受か」

「たぶんな」

おれの居場所はあそこにしかないと、いいきかせる。

「猪狩、出向してからすっかり変わった、と評判だぞ」

鰐淵の目に膜がかかった。表情を押し殺し、反応をみている。

嘘だ。鰐淵自身がそう感じているのだ。

「どう変わったんだ、おれは？」

「人づきあいが悪くなった。仲間とのみにいくことが少なくなった」

たしかに、鰐淵あたりとのむ頻度は減っている。いや、古巣の公開引受部の内海や部下たちと遊ぶ回数もだ。おれは、なぜ、友人や部下とのつきあいを減らしているのだろう？

「経営企画部に移って、様子が変わったからさ」

もちろん、自分でも納得しない答えだ。

「だが、同じ部のやつとも、あまりのまないそうじゃないか」

「残業が多いからな」

当然、それだけじゃない。会社の人間とのんでも、心が弾まない。経営企画部だって、今井や永田らは、よく連れだってのみに行く。人事や役員の噂話をする。同席していると、とてつもない徒労を感じる。

では、だれと居ると楽しいか。

黒豹だった。かれのエネルギーの放射を浴びると、緊張感をおぼえ、力が湧いてくる。ちょうどこのあいだ、鴨川に行ったときのように……。

「猪狩は、会社や社員を突き放してみるようになった、というやつがいる」

鰐淵は、また第三者を使った。

「もっとも、おれは信じないが……」

「突き放してなんか、いるものか」

これは本音だ。が、ふと、そうできれば、どんなに楽かという気がした。高みから、右往左往する今井や永田を冷やかに嘲笑し、経営者不在の会社を侮蔑してすめば、こんなに気持ちのいいことはないかもしれない。

「そう、猪狩は突き放してなんかいないさ」鰐淵の目は依然として粘っこい。「若いころから、猪狩の愛社精神の強さは、よく知っているよ」

虚を衝かれた。ついで違和感をおぼえ、猛烈な反発心が生じた。鰐淵の口から出たからだろうか。

「しかし、四十も半ばをすぎて、愛社精神といわれると、照れるものがあるな」

「どうして？　いいじゃないか」

鰐淵は真顔にみえる。昔から、肝心なところでは、感情をあらわさない男だった。建て前をいって、素知らぬふりのできる性格である。出世する必須の条件だ。

鰐淵自身に愛社精神があるかどうか、雄二にはわからない。本人にも、たぶんわからないだろう。だが、あると装うほうが得だと計算しているのは事実だ。べつに非難するほどのことではない。だれでも多かれ少なかれそうなのだ。

鰐淵には、権力者におもねるという批判がある。しかし鰐淵にしてみれば、そのほうが自分の力を発揮できると考えてのことだろう。そして、無理なく自然体で、権力者に取り入ることができる性格だ。これまた、非難すべきことではない。雄二などには、まねができないだけだ。

「鬼山さんに会いにいったのも、その愛社精神とやらのためか」

雄二は皮肉をこめずに切り出した。

鰐淵も皮肉とは受け止めないようだった。雄二がいったからというより、どういうわけか鰐淵は、皮肉に傷つく感受性に欠ける面があった。中年になって厚顔になったのではなく、若いころからそうだった。自らたのむところが大きいだけに、多少の皮肉など、意に介さないのではないか。

雄二は段々に、鰐淵とのちがいを確認していた。

「猪狩こそ鬼山さんと、どういう関係だ？」

また逆取材をかけてくる。つくづく慎重な男だ。

「出向して株式公開を終えた段階で、切れたとばかり思っていたが……」

「あのころの縁で、たまに会って酒をのむ」

昨日の朝までいっしょだったとは教えない。

ふん、と鰐淵は鼻を鳴らした。

「そうか、きっと友人のような関係なんだろうな。社外の人間とそうなれるとは羨ましいかぎりだ。おれにはとてもまねできない」

「ご冗談を」雄二は切り返した。「鰐淵は顧客の企業のあいだでは、相当顔が広いと評判だ。むりをきいてくれるところもずいぶんあるんだろう？」

鰐淵の属する事業法人部門は、扶桑証券が株式公開にからんだ企業のお守役である。扶桑の幹事証券の地位を維持し、その企業が公募をする際には、その株を取り扱わせてもらう。さらにまた、企業に余剰資金があるときは、その運用をまかせてもらう。黒豹に株の話をもちかけたのは、だから鰐淵の仕事の一部ともいえる。

気苦労のおおい仕事である。鰐淵がみずからの出世のためにだけ、扶桑の社長や役員に取り入っているというのは、いささか公平に欠けた見方だと、雄二はおもっている。顧客企業の重要人物との関係を保つために、鰐淵は社長らを利用しているはずだ。

「顔は広いかもしれん」鰐淵は団子鼻をぴくつかせた。「しかし、それは商売のためさ。猪狩とはちがう。猪狩は、商売を度外視してやるところがある。顧客を心底、大事にする。いささか危険ではあるがな」

危険の意味を理解するまでに数秒かかった。顧客に損失補塡をする危うさ。そして、その結果としての「飛ばし」。

——おまえのような男が、「飛ばし」に手を染めかねないのだ。

鰐淵は、そう反撃したのだ。

雄二はうろたえた。ボディーブローを打たれたのだった。

「おれは、やましいことはやってない」

つい力んだ。

「わかってるさ、そんなこと」

平然と鰐淵はいった。

「だがな、塀の内側に落ちるか、あるいは外ですむか、それだけの差だぞ。おれたちの商売は……」

鰐淵のからだが、大きく膨らんだ。

6

「鬼山さんからは、どの程度きいた？」

鰐淵は尋問口調に変わっている。顔つきはそのままだが、ぐっと威圧してくるものがある。これまで踏んだ修羅場の数が、身につけさせたものだろう。雄二は専務の西条を連想した。

「二十億円の飛ばしの一件。それだけだ」

鰐淵は雄二を凝視した。厚い唇を歪め、絞り出すように低い声でいった。

「口の軽い人だ」

雄二はにらんだ。

「どういう意味だ？」

「だって、そうじゃないか。ビジネスの話を持ちかけたのに、それを第三者に漏らすとは、鬼山さんも軽率きわまりない」

雄二はタバコに火をつけた。

鰐淵はアメリカンを口に含んだ。強いコーヒーは、医者に止められているといってのまない。タバコもやらない。昔から、健康管理に気をつかう男だった。

黒豹が打ち明けたのは、雄二を心配してのことだったが、それだけではない。扶桑証券の将来をおもんぱかる気持ちもあるはずだ。黒豹はああみえても、ビジネス一辺倒の男ではない。会社を公開させてくれた扶桑に義理を感じている。それが鰐淵にはわからないか。

「鬼山さんは、鰐淵が自分の損失隠しのために頼みにきたのではないと見抜いた。……正直にいう。おれは一瞬おまえを疑ったが、鬼山さんは言下に否定したんだ。おれよりはるかに、人をみる目がある」

鰐淵のコーヒーカップを持つ手が、宙で止まった。

「なあ、鰐淵。おまえは顧客の損失を隠すために、いや、正確には会社の損失を隠すために、さして懇意でもない鬼山さんのところにいってまで、頭を下げた。なぜだ？　会社は、途方もない含み損をかかえているんじゃないか」

鰐淵がカップを皿に置くとき、カチカチと音をたてた。

「この手の飛ばしは、いくらあるんだ？」

しかし、愚問だったようだ。

「おまえは経営企画部だろ？」

予期せぬ答えが返ってきた。

「会社の全貌をつかむのは、猪狩の仕事だ。おれは一部しか知らん」

「一部でいい。鰐淵の知っているかぎり、飛ばしの総額はいくらだ？」

「おまえ、それを聞いて、どうする気だ？」

ふたりの視線が絡み合った。

「会社の実態を知りたいだけだ」

口に出してみると、心底、渇望していることに気づいた。

「愛社精神か」

鰐淵が、また陳腐な用語をつかった。その単語は雄二の心に響かない。まるで水を掬《すく》うように、指のあいだからすりぬけてゆく。

一呼吸置いて、鰐淵が重ねた。

「個人的な興味か」

いささか狼狽するものがあった。そう、それが正しいのかもしれない。

「社員として知りたいのは、あたりまえだろう」雄二は語気を強めた。「だが、それだけじゃない。いまおまえがいったように、会社の状態をつかむのも仕事のうちだ」

若いころなら、胸を張っていえたかもしれない。しかしいまは、そのような正論にはどこか違和感がある。なぜだろう？　そしてまた痛感した。経営企画部にいながら、多額の「飛ばし」のような重要なことを、何ひとつ知らないとは何ごとだ？

「うちの部には報告されているのか」

「いや、少なくともおれはしていない」

「今井部長は知っているのか」

「全貌はどうかな」

「なぜ？」

「さあ、なぜかな。たぶん飛ばしを報告しろという規程がないからだろう」

鰐淵は会社の論理を使った。この男は、そのことに違和感をおぼえないのだろうか。

自己防衛本能を垣間見るおもいがした。肉の厚いからだが壁にみえる。何だか無性に哀しくなった。

喫茶店のなかを、康子が日曜の朝にかけるモーツァルトのピアノ・ソナタが流れている。この場にふさわしくない、うんざりするほど美しい旋律だ。

しばらくしてから、雄二は弱々しくいった。

「規程の有無にかかわらず、経営の根幹の問題は、経営企画部のマターだろうが

「……」

鰐淵相手に、こんな議論をせざるを得ないとは、自分が汚れていくようで情けない。

鰐淵は眠そうな目で雄二をみた。表情は消している。分厚い唇は、固く閉ざされたままだ。

鰐淵がコーヒーをのむ。視線が宙をさ迷いだした。

雄二はタバコを消し、新しいのに火をつけた。半分ほどが灰になった。

——やはり、だめだったか。

雄二はあきらめかけた。こういうふうに気まずく別れるくらいなら、いっそ断ってくれればよかったのだ。顧客の対応でとても時間があかない、とでもいって……。

立ち上がろうとしたとき、鰐淵が口を開いた。

「猪狩は、本当に知らないんだな」

呆れるような、同情するような口振りだった。目に複雑な色がやどっている。

「飛ばしなんぞは、昔からいくらでもあったんだぞ。手を染めた人間は数えきれない。事業法人の部門では公然の秘密だ」

さとすような口調だった。

「いくらでもあったは、いいすぎだろう？」

鰐淵は口の端をゆがめた。苦笑したのである。雄二は反発した。

「おれだって事業法人部門に在籍していたことがあるんだぞ、鰐淵とは部こそちがったが……。飛ばしを耳にしたことは、稀《まれ》にはあるが、その程度だった」

「それは、猪狩のいたのがバブル期で、株価が上昇局面にあったからだ。それだけのことさ」

嘲るような口ぶりではなかった。

鰐淵のいった意味は、株が上がれば含み損は消え、問題は解決するということだ。つまり、株を押し込んだ顧客が売っても利益が出るし、扶桑証券が株の買い戻しを斡旋してもいい。飛ばしは表面化しない。バブル期には、そのようにして、飛ばしは闇から闇に葬られたというのである。

だが、バブルが崩壊し、いまのように株価が下がる局面だと、手に負えなくなる。下がれば下がるだけ、含み損はふくらむ。隠しおおせなくなる。

「そう、それに猪狩が知らなかった理由は、もうひとつあるな。おれのみるところ……」

鰐淵は暗い目をした。

「何だ？」

「わからんか」

わからない、残念ながら。

「猪狩に飛ばしの処理をやらせようとおもう上司は、あまりいないだろうな。反対され、噛みつかれかねないからだ。……おれのような人間には後始末をさせてもな」

ふわりとからだが浮遊する感じがした。

知らず知らずのうちに、異質で危険な分子として、会社の中核から遠ざけられていたというのである。

いまだってそうかもしれない。業務改善チームのメンバーに選ばれなかったのは、同じ配慮が働いたからではないか、目にみえない経営の意思だ。

鰐淵は感情を押し殺した目で、動揺する雄二をみていた。

「おれは途方もなく無知だったのかもしれない」

雄二は苦い事実を認めた。

「しかし、だからといって、飛ばしのような重要な問題の処理を、事業法人部門内でバラバラにやっていいとおもうか。もはや手に負えなくなっているのが実状じゃないか。ちがうか」

黒豹のまえで土下座したという鰐淵の姿が目に浮かんだ。鰐淵もおなじ場面を回想したのかもしれない。顔に翳《かげ》が差した。

「だがな、個人的におまえに漏らしたとばれると、おれはお終いだ。誇張じゃないぞ」

鰐淵ほどの男が、闇の深さに怯《おび》えている。

「なあ、どうだ、鰐淵に迷惑がかからない方法を考えようじゃないか」

「しょせんむりだ。同期の仲だからな、まっさきに疑われる」

「何かやりかたがあるはずだ」

「どんな？」

名案は浮かばない。

ピアノ・ソナタが軽快で力強い曲に変わった。ますます会話に似つかわしくない。

雄二は苦しまぎれに提案した。

「飛ばしに関する公式の質問状を出すのはどうだ。そうだ、経営企画部長名で、事業法人部門などの関係部署にまわす。鰐淵としても、その段階でなら堂々とオープンにできる。こっちも公式の回答を得たことになる」

「それまでは？」

「おれは具体的な数字をだれにもいわない。それならニュース・ソースはわからない」

鰐淵はコーヒーをのみながら、雄二の提案を反芻《はんすう》する。雄二は新しいタバコをくわえた。

数分後、鰐淵は分別臭い顔になった。

「しかし、飛ばしについての質問状、出せるとおもうのか」

「ああ。何か支障があるか」

鰐淵は、また眉間に皺を寄せて考えこんだ。

社内力学というか社内政治については、鰐淵のほうが、二枚も三枚もうわてである。何せ、幾多の権力抗争を経験し、つねに勝つ側に身を置いてきた男だ。いまだにひらの部長のままで、役員に登用されていないのが不思議なくらいなのである。

その男が何歩も先を読んでいる。

雄二はじっと待った。

何分経過しただろうか。

雄二は長いあいだ思案にふける鰐淵にしびれを切らした。

「質問状を出すのに、だれかが反対するとおもうのか?」

鰐淵はすぐには答えず、コーヒーカップを口に運んだ。空だった。

「まさに正論だがな……」

投げ出すようにいった。言葉の裏に「それゆえ実現しないんだ」というニュアンスがある。

「正論？　経営企画部は、正論を主張するところだろうが？」

「さて、今井部長がそうおもうかどうか……」

「なぜ？　意味がわからない」

鰐淵は雄二の質問をもてあましはじめているようだった。

「ハレーションをおこすからさ」

ハレーション——扶桑証券でよく使われる独特の社内用語だ。ある行動が社内に波紋を呼び、摩擦が生じ、抵抗を受けることをさす。扶桑にはそのような行為は慎むべしとする社風があった。

今井が雄二の業務改善計画についてのまっとうな提案をしりぞけ、かといっていまに至るまで成案を得られないのも、ハレーションを避けようとする配慮が強いからだ。その心理くらいは雄二にもわからないではない。

「飛ばしはな、事業法人の部門では、だれひとり知らないものはないといっていい。

「だが、それだけじゃないぞ」

鰐淵は喫茶店のなかを見回した。

月曜日の午後五時、十二、三席のテーブルは、四分の一ほどしかふさがっていない。客はいずれもサラリーマンふうの男だ。背広姿もいれば、雄二のようなワイシャツ姿もいる。だが、扶桑証券の男ではなさそうだ。隣りや前後は空席である。それでも、鰐淵は声を潜めた。

「役員の多くは、飛ばしを知っている」

「経営企画部の今井部長はどうなんだ？」

「もちろん、かなり知っているさ。知らんふりをしているだけだ。猪狩の上司は、そんなにぼんやりした人じゃない」

「社長はどうなんだ？」

雄二も声を低くした。

「当然だ」

「会長は？」

「いうまでもない。あの人は会社のことをいちばん熟知している」

「じゃあ、なぜ問題にしない？」

「さあ、なぜだと思う?」

無表情というよりは、不機嫌な顔になった。

飛ばしを漏らしたのがばれれば、おれの会社生命は終わりだといったことの意味が、そしてそれを公の場に持ち出せば、ハレーションを呼ぶということの意味が、雄二はやっとわかった。

みな、みてみぬふりをしているのだ。この問題に触れるのを避けている。そして、すべてを事業法人部門にかぶせているのである。

「おれは自分に責任のある株の処理をしているわけじゃない。前任者や前々任者、さらにそのまえの担当者が顧客に利益保証してしまった株を、べつの顧客に預かってくれと頭を下げて回っているんだぞ。……鬼山さんが見抜いたとおりだ。おれの苦労も察しろよ」

店に流れる音楽が、いつの間にかべつの曲に変わっていた。康子がモーツァルトのピアノ・ソナタのなかで最も好きな第八番イ短調。悲痛な旋律だ。母親の死の直前に完成されたものだと、五回はきかされた。やっとこの場に似合いの曲がかかったのだ。

「それなら、なおのことじゃないか」雄二は語気を強めた。「何も鰐淵が個人的に苦しむことはない。全社的な問題として処理すればいいんだ」

「おまえな、サラリーマンってのはそうは割りきれんのよ」

「じゃあ、おれのやろうとしていることに反対か？」

「べつに反対じゃないさ。だがな猪狩、どんなハレーションがあるか計算したうえでいっているのか」

取り上げれば、まちがいなく波紋は広がる。まして上層部が触れたくない事柄であれば、雄二の身にどんな災厄がふりかかるか知れない。

「ハレーションなんぞ、やってみなければわからないだろうが」

雄二は少しばかり意地になっていた。

「おまえは昔から坊っちゃんだったな」鰐淵が溜め息をついた。「何のために、そこまでやるんだ？」

このまま無難にやっていけば、そこそこ出世できる。なぜ波風を立てなければならないのか。それがわからないと、鰐淵の顔に書いてある。

——何のためにやるのか。そして、得るものがあるのだろうか。

雄二はタバコに火をつけた。もう何本、吸っただろう。

「おれたち自身のためだな。守るべきものが崩れていく。それがみえる。鰐淵にもみえるだろう？」

「さあ、どうかな」

「このままでは、会社がおかしくならないか」

雄二は絞り出すようにいった。

まさか、と鰐淵は呆れ顔になる。

「これでも大証券だぞ。腐っても鯛だ。だいいち株価は持ち直しつつあるんだ。そうすれば飛ばしだって解消する。もう少しの辛抱だろう」

「本当にそうか。おれは何だか、とてつもない時代に突入しているようにおもえてならんな」

バブルが崩壊して、もう四、五年がすぎている。だが、もっと大変な事態になりそうな気がする。

「どんな時代がはじまるというんだ？」

「わからんさ、おれなんかには……。だが、これまでのやりかたが通用しなくなるんじゃないか」

「なぜ？」

「経済が右肩上がりの時代が、とっくに終わっているからさ。それに期待して、内輪でものごとを処理することはできなくなる。飛ばしだってそうだ」

「じゃあ、どうするんだ？」

「まずは飛ばしに関する含み損の全貌をつかみ、その処理方法を全社的に立案する。それができた段階で、全部さらけ出す」

　鰐淵は驚愕したようだった。

「会社の真の姿を外の風に当てるんだ。ハレーションなどといって、ものごとに立ち向かおうとしない会社の体質を変えるには、それしかない。会社が蘇るためには外科的手法も必要だ」

　そして、いま忙殺されている仕事をおもいだし、つけくわえた。

「現に、大蔵省は再建策を出せとまでいっているんだ。再建策だぞ。業務改善計画などではない」

　ひょっとすると、大蔵省のほうが、会社の状態を的確につかんでいるのではないか。

　にわかに恐怖心が襲ってきた。

「それはどうかな」鰐淵は平然と否定した。「何だかんだいったって、大蔵は会社を助けるさ。その腹があるからこそ、あれこれいってるんだ。そして、トップはそれを見越している」

「だから、だらだら対応しているわけか」

「そのとおりだ。大人の知恵というやつだな」

「優柔不断というやつじゃないか」腹立たしさがこみあげてきた。「いっそのこと、トップに直訴するか」

「やめろ」鰐淵の目に微量の怒りが滲《にじ》んだ。「トップは取り上げないぞ。どこの証券会社だって、似たようなことをやっているんだからな。時機を待て」

「いや、手遅れになる」

「ばかをいうな、いま含み損を公開すれば、うちはがたがたになるぞ」

「いいんだ、それで。……会社が再生するためなら」

「何で、いまなんだ？」

——直感だ。

としか、いいようがない。

顧客に株を薦める。企業に株式の公開を持ちかける。すべてタイミングだ。そういう生き方を四半世紀もやってきた。その本能が、いまだ、と告げている。いまを逃せば、時機を失する。

「おまえ、その冒険の果てにあるものは何だと思う?」

少し考えた。

「新しい会社だ、おれたちの……」

何を青臭い、という顔をした。

「潰されるぞ」

「かまわない」

「きっと孤立する。おれも助けてはやれんぞ。やめろ、時機を待て」

「どんな時機だ?」

「会社がもっと危機に陥ったときだ」

「だから、それでは遅すぎる」

また曲が変わった。明るく華やかな旋律のなかに、内面の悲痛がこめられている。曲名は忘れた。

雄二は耳を傾けたが、鰐淵は呆然としていた。たぶんきいていないのだろう。

「いくらある? おまえの処理しようとしている飛ばしは」

雄二は話を戻した。

「百億円か」

しばし沈黙した。

「負けたよ」鰐淵は投げやりにいった。「おまえの、その悲しそうな目をみていると、こっちまで滅入ってくるわ」

雄二を哀れむかのようにみた。

「だが、絶対におれから出たとはいわんでくれよ」

鰐淵が条件を出した。

「もちろんだ。誓うよ」

「……三百億円だ」

「事業法人部門全体では？」

口を噤《つぐ》んだ。

「いえ」

睨み合った。

「……一千億円ちかいかもしれん」

雄二は、崩れ落ちそうになった。

「おれが潰されるどころの話じゃない。会社のほうが潰れるんじゃないか」

意外にも鰐淵は否定しなかった。

トルコ行進曲が鳴り響いていた。

別れしな、鰐淵はつぶやいた。

「会社の病巣が、それだけならいいが……」

暗い目が何かを語りかけていた。


夜、黒豹と何度か通った銀座のはずれのバーに足を運んだ。猛暑の先触れか、空気が蒸して澱んでいた。

「まあ、おひとり？　めずらしいわね」

着物のママはそういいつつ、雄二を奥のテーブルにいざなった。

あるいは黒豹が来ているかもしれないと期待したのだが、本店かどこかのチェーン店で、仕事に没頭していることだろう。黒豹が贔屓《ひいき》にしている若い娘は、ほかの酔客と嬌声をあげて戯れていた。

「あの子、黒豹と仲良しなんだろうか」

バーボンの水割りをつくるママにたずねた。質問の意味がわかってから、ママは噴き出した。

「へえ、そんなこと、興味あるんだ」

「おおいにあるよ」

「猪狩さんは無関心だとおもったけどね。本人にきいてみる？」

「ああ、ぜひききたい」

ママが娘を呼んだ。

胸が大きく、腰の締まったホステスは、真顔でいった。

「あら、仲良しはママのほうよ」

アハハと、ママが笑った。あっけらかんとしている。

ママとデュエットで数曲歌った。黒豹の好きな演歌ばかりだ。康子の好む音楽とは、まるでちがう。

鰐淵の暗いまなざしがまとわりついて閉口した。

看板まで深酒し、車を拾って我孫子の家に着いたのは三時すぎだった。

7

異様な雰囲気の夕暮れだった。

熟れた果実のような夕陽がいやに大きく、空がオレンジ色に染まっている。まるでべつの惑星にでも迷い込んだかのような錯覚をおぼえる。頭が朦朧としてくる。

日比谷から銀座へ向かう道。娘たちは涼やかな軽装だが、サラリーマンはそろって背広を小脇にかかえ、カバンを下げている。

たまに利用する中華料理屋に入ると、強い冷房が身にまとわりついた熱気を吹き払う。

モツと黄色いニラを炒めたのを頼む。それから自家製ソーセージの燻製、カニの味噌炒め。いずれも、この店の名物料理だ。食欲はないが、むりやり頬張り、ビールで流し込む。

「鰐淵さんに会ったそうですね」

経理部長の佐藤がきく。

雄二より三つ下。名古屋支店のときの後輩だ。物静かな性格で、音楽を好み、ピアノを弾く。何度も家に来たわけではないが、康子とは話が合った。もちろん雄二には、ちんぷんかんぷんな話題であった。

柔和な顔で態度も如才ないが、あんがい営業に向かず、成績を上げられなくて困っているとき、雄二は自分の顧客との取引を何度か佐藤にまわした。けっこう律義な性格で、いまだに恩に着ている。

内向きの仕事が得手で、数字に強かった。会長の速水に見込まれて、いっとき秘書としてつかえた。いまの部長の職についたのは、会長の引きだという噂がある。いつの間にか雄二を越して出世していた。だが、態度は変わらない。立身出世にあまり価値を見出さない性分のようだ。業務改善チームのメンバーのひとりでもある。

「ああ。会って飛ばしの件をきいた。しかし鰐淵の話は、いまひとつ要領をえなかったな」

佐藤は無言でうなずく。人懐っこい目が、そうでしょうね、と語っているが、口には出さない。まずは雄二の感触をきこうという腹である。慎重な性格でなければ、会長の秘書も経理部長もつとまらない。

「おれは鰐淵が何かを隠しているのではないかと疑ったが、そのあとひとりでのんでいて、ちょっとちがうような気がしてきた。ほら、おれは酒が入ると閃くことがあるんだ」

「よくわかりますよ」佐藤は声を出さずに、顔に皺をよせて笑った。「その手の閃きは、何度も目撃していましたからね」

名古屋時代、佐藤とは週に三度はのんでいた。

「で、どうちがうとおもったんですか」

である。

「そもそも鰐淵は、全貌をつかんでいるのだろうか」

「さあ、どうでしょう」

「きみなら知っているんだろう？」

佐藤は答えず、もっとべつのものを頼みませんか、といった。痩せの大食いなので

イカ団子と白身魚の蒸し物を追加し、紹興酒をボトルでとった。グラスになみなみと注ぎ、おおぶりの氷を浮かべて、旨そうに喉に流し込む。相変わらず、いいのみっぷりだ。

「それで鰐淵さんは、飛ばしがいくらあるといってました？」

佐藤相手に隠すことは何もない。

「事業法人全体で一千億円だそうだ。おれは腰を抜かしそうになった。だが、本当にそんなものだろうか」

佐藤は、しかし、変化球を投げてきた。

「鰐淵さんが、なぜ業務改善チームに入らなかったか、ご存じですか」

「……………」

入らなかった、という言葉が引っかかった。入れなかった、ではなく。

「メンバーに選ばれたが、鰐淵は逃げたのか」

「そうかもしれませんよ」

「なぜ？」

「あれだけ賢明な人だから、チームの迷走を見越していたのかもしれませんね。やるだけむだだ、と」

いやにあっさりした口振りだ。

「べつに卑怯だと非難してるんじゃないですよ」と佐藤はつづけた。「チームなんかに入るよりも、片づけるべき飛ばしを処理する。そっちのほうが重要だと考えたのかもしれませんからね」

佐藤の身上はバランスのよさにある。円満で公平、ひとの立場を忖度《そんたく》する。がむしゃらな営業が向かないのも、そんな性格によるのかもしれない。

「いいかえると、鰐淵さんは絶望しているのかもしれませんね」

「絶望？」

雄二は足元を掬《すく》われるおもいがした。だいいちタフでまえ向きな男に、絶望は向かない。先日も、そんな素振りは、露ほどもみせなかった。

「何に絶望しているんだ？」

「緊張感を失った経営にたいして、とでもいいますか……。そのうちどうにかなると高をくくっている経営陣が、抜本的な再建策を出すはずはないと、あきらめているんじゃないですかね。だからこそ逃げた」

佐藤は顔色ひとつ変えずにいった。

「……それは、ある種の買いかぶりじゃないか」

先日、鰐淵は雄二にたいして、会社を突き放してみるようになったという言葉を投げかけてきた。だが、それは雄二への批判というより、変化してきた自分の心境を吐露したものだったのだろうか。

雄二は、少しばかり狼狽した。佐藤がべつの角度から光を当てた鰐淵の顔は、雄二が見知っているものとは、まったく別物だった。

いつから、佐藤はこのような複眼的な物の見方をするようになったのか。会長秘書や経理部長、それに業務改善メンバーとしての重圧が、鍛え上げたものなのだろうか。

反対に、自分は組織人として、鰐淵や佐藤に比べ、とてつもなく幼稚なのではあるまいか。そんな懐疑が湧いてくる。

「一千億円という数字は正しいのか」

気を取り直して、雄二は話題をもとに戻した。

佐藤は皿に残ったモツとニラを片づけ、イカ団子を頬張った。それから紹興酒をのむ。憎らしいことに、雄二の三倍の食欲はある。

「なあ、どうなんだ？」

立場上、答えにくい質問であるのは、承知している。だが、少しばかり焦れてきた。

佐藤は柔和な目で雄二をみた。

「……とても、控え目な数字かもしれませんよ」

雄二は、耳を疑った。とっさには言葉が出ない。それどころか、胃の底から、いままで食べていたものが、飛び出しそうになる。

「じゃあ、いくらあるんだ？」

声がかすれている。

佐藤は困った顔をした。真実を告げるのをためらっているのかと思った。が、見当ちがいだった。

「それがわからんのですわ」

酒が入ると使う、ざっくばらんな口調になった。演技をする男ではない。まして、雄二のまえでは……。

「きみはたんなる経理部長じゃない。業務改善チームの委員でもある。いや、まだある。会長の秘書役までやっていた。社内の機密にはつうじているだろうが」

佐藤は真顔で首を振る。柔和な目が、何だか寂しげであった。

「誤解ですよ。だいいち、秘書役はほんの短いあいだでした」

「それでも、最高権力者の身近にいれば、おのずと知ることも多いはずだ」

「それはありましたよ、たしかに。たとえば人となりなんかについては……」

何を思い出したのか、かすかに苦笑した。

「……猪狩さんは、速水会長をどう評価していますか」

笑みの余韻を残した顔できいてきた。

「あまりよく知らないな。おれは、いっしょに働いたことのない人については、論評しないことにしているんだ。仕事をつうじてしか、本当のところはわからない」

人は仕事によって自分というものを発見し、つくり直していく。だから、仕事ぶりをみていれば、ある程度その人間がわかる。それ以外はあまり当てにならない。酒を何度かのみ交わしたからといって、わかった気になるのは、とんでもない錯覚だ。それが、人物評価に関する雄二の原則だ。

もちろん、会長の評判は耳にたこができるほどきいている。会社の唯一絶対の権力者。長いあいだ、社長と会長の地位にいる。役員や幹部社員はみな極度に畏怖していた。社長ですら小僧扱いで、まともに会長に意見具申できる者はいないという。

しかし、佐藤はまたも意外なことをいった。

「会長は、人の意見に耳をかたむける人ですよ」

身近につかえた者の意見だから、尊重に値する。だがいくら何でも贔屓目ではないか。

「ずいぶん風評とちがうな。いや、社員の話をきかないという評判だけじゃない」

雄二は自分の推測をつけくわえた。

「大蔵官僚の意見だって、どこか無視している。その証拠に、いまだに業務改善計画を出していない」

ちがうか、という目で佐藤をみた。

佐藤は、一瞬、なるほどという顔をした。

「そういう誤解を与える面はたしかにありますよ。でも、反対の面もある。わたしなんかの意見でも、重要な問題のときには、どんなに忙しくともじっと目をみてよくきいてくれる。それはそれは真剣で、怖いほどです。だから、とても迂闊《うかつ》なことはいえんのですよ」

会長はもともと愛想のいい顔つきではなかった。馬面の長い顔は、いつも無表情である。油で固めている黒々とした髪とは対照的に、顔の色は不健康なほど青白い。それが過度に、人にとっつきにくい印象を与えているのだろうか。

「ところが、社長となると、逆なんですね」

佐藤は話の矛先を変えた。

「人の意見は、ふんふんとうなずきながらききますが、まるで真剣味がない。馬耳東風というと、あんな顔の会長にふさわしいようですが、とんでもない、ネズミ顔の細井社長のためにある言葉です。右の耳に入ったとたんに、左の耳に抜けてしまう。部下の話などは、きけばそれで自分の役割は終わったと考えているふしがある。能吏ですが、会長とは経営者としての自覚の程度がちがいますね」

はじめてきく会長弁護論だった。

「ただ、会長はめったに自分の意見をいいません。だんだんその度合いが強くなってきました。それに腹の底はめったに人にみせない。というより、腹の底は何枚もあって、いちばん奥の底はけっして開けようとしない」

かなりユニークな経営陣批判だが、佐藤には激した様子がまるでない。

「だから、会長の身近にいれば機密を知るだろうというのは、猪狩さんの誤解なんです」

「なるほどな。じゅうぶん説得力のある見解だよ」

「それに、どうやらぼくは、会長の秘書役としては失格だったようです」

佐藤は自家製ソーセージの燻製を食べ、紹興酒で喉をうるおしてから、他人ごとのように告白した。

「自分でいうのも何ですが、スマートにみえる割に気が回らない。執着心も足りない。会長の期待するレベルに達していなかったんですね。だから短期間で馘《くび》になった」

「そりゃないだろう。現に経理部長に抜擢されているじゃないか」

「いいえ、経営の指示にしたがって、大過なく数字を処理する便利屋として使われているにすぎませんよ」

自嘲気味な台詞だが、佐藤が口にすると、嫌味がないから不思議だ。

そういう淡泊な性格が雄二は好きだった。だが、その美質がある種の人間には食い足りないのかもしれない。ことに権力者や、その周辺に住む人種には……。もっとも、人のことをいえた義理ではないのだが。

雄二もソーセージを食べた。ほどよい辛さが口に広がり、酒が欲しくなる。

かつて佐藤とともにいると、心のなごむ時間が多かったことをおもいだした。実際いまも、「飛ばし」の衝撃を束の間とはいえ忘れていた。

8

「……一千億円でも少な目だというと、飛ばしはどのくらいあるとおもう？」

雄二はわれに返って、また話を戻した。幸い隣りのテーブルに客はいない。いちばん近い席では、若い男女が皿の上にかがみこんで、自分たちの世界に没頭している。それでも、自然と声は低くなる。

佐藤は虚ろな目に変わった。そして、予想だにしなかった数字を告げた。

「二兆円とか三兆円という数字をきいたことはないですか」

グラスが雄二の手からすり抜けて、鈍い音をたてた。紹興酒がテーブルに散り、茶色のしみが広がる。

佐藤があわてておしぼりでテーブルクロスを拭《ふ》く。店員が足早に寄ってきて手伝った。気取らない料理屋だが、工夫があって旨いだけでなく店主のしつけもいい。

「ごめんなさい。驚かせてしまったようですね」

佐藤が紹興酒を注いでくれたが、手を出すどころではない。

意識が外界から遮断され、店の風景が消えた。時間が止まった。

「……二兆や三兆なんて、根拠があるのか」

数分後にたずねた。

「ありませんよ。でも、消息通のあいだで二、三度、まことしやかにささやかれた数字です」

「無責任な噂じゃないか」

「さあ、どうですか」

鰐淵と別れるときの場面がフラッシュ・バックする。かれの漏らした言葉が耳によみがえった。

——会社の病巣が、それだけならいいが……。

捨て台詞《ぜりふ》のようにそういった。あいつもこの数字を小耳にはさんだのだろうか。

「猪狩さん、話半分としても一兆から一兆五千億円なんですよ」

兆の単位とはどんな数字だ？　と自問した。

積み上げれば超高層ビルくらいにはなるのか。あるいは、家からみえる筑波山の頂上に届くのだろうか。現実感が湧かない。

「ぼくだって、信じていませんよ。ただ、こういう推定はありうるかもしれない。何もかも引っくるめた数字だ、と」

「というと？」

「扶和《ふわ》ファクターという会社を知ってますか」

闇のなかから、またひとつ、怪物が出てきた。

「いま、業務改善チームで話題の扶和ファイナンスじゃないんだな？」

いちおう念を押した。

「もちろん。ではＦＳＣは？」

「知らない」

「バハマについて何か知ってますか」

雄二はいささか混乱した。

「カリブ海の島ということくらいだな」

「タックス・ヘイブンといわれる島国です。税金天国ですね。当局の徴収が緩やかだから、脱税なんかに重宝がられています。そこにはうんざりするほどの数の名ばかりの会社があるんですよ」

「いわゆるペーパーカンパニーってやつか」

「そうです」

佐藤はすっかり経理部長の顔になっていた。目がすわっている。だが、酒のせいではない。

「扶和ファクターやFSCも、ペーパーカンパニーの国内版ってわけだ」

「もう数社あるようですが……。いや、十数社か、二十数社かもしれない」

「バハマの海外版もふくめて、みな実質的にはうちの関係会社なんだな」

「そういうことです」

寒気が襲ってきた。朧《おぼろ》に何かがみえてくる。マイルドセブン・スーパーライトに火をつける。

「それらを飛ばしに利用しているのか」

「わたしはそう睨んでいます。引き取り手のなくなった、含み損のある株の受け皿として使っている、と。でも、確証はありません」

顧客Aから顧客Bに飛ばした株を、さらに扶桑証券のペーパーカンパニーである扶和ファクターやFSCに、簿価で引き取らせる。つまり含み損はペーパーカンパニー、すなわち扶桑に蓄積する！

「いくらくらい、ありそうなんだ？」

兆の数字が、急に現実味をおびてくる。

わかりませんというように佐藤は弱々しく首を振った。

「わたしの推測では、二千億円は下らないのですが、そのすべてが含み損とはいいきれないのですよ。そのうちの何割かが含み損なのはまちがいない。が、その数字がわからない。……いや、そもそも、受け皿がほかに何社あって、全体でいくら飛ばしをやっているかさえわからない」

「海外に飛ばされていたらなおさらなんだな？」

「バハマだけじゃありませんからね、タックス・ヘイブンは」

経理部長でもつかめないのか、とは責められない。闇は雄二の予想の何倍も深そうである。

店員がもう一本、紹興酒をもってきた。いつの間にか空になっていた。

奥の円卓で、サラリーマンたちが気勢をあげていた。上司か取引先の悪口をいって、大いに盛り上がっている。大口を開けて笑うやつ。箸で皿を叩くやつ。憂さ晴らしだ。どの顔にも、サラリーマン独特の屈折がある。しかし、楽しそうだ。

その光景が別世界のものにみえた。佐藤も、ちらと彼らを一瞥し、羨ましいなとつぶやいた。

蒸した白身魚やカニの味噌炒めは、ほとんど手つかずで残っていた。いずれも台湾出身の料理人がつくった評判の一品だが、さすがの佐藤も箸をつけない。

佐藤がひそかに調べた、ペーパーカンパニーに隠した数字が二千億円。ただし、本人は自信がないといった。ペーパーカンパニーの名さえわからないのでは、追及のしようもない。だが大きな狂いはないのではないか。

鰐淵がいい捨てた金額が一千億円。

それから扶和ファイナンスに一千億円。

合計、四千億円。一兆円のほぼ半分だ。

おおざっぱに、全部含み損として、うちはそれを償却できるのだろうか。

まえに発表した今期の決算の数字をおもいだした。五百億円の赤字。呆然とした。償却どころではない。からだから力が抜けてゆく。

またタバコをくわえた。何の味もしない。頭を痺れさせるような、強烈なやつが吸いたい。

紹興酒をのんだ。かったるい味だ。ウォッカかジンをストレートでのみたい。

「だれが全貌を知っているんだろう？」

わが声ながら、張りがない。

「鰐淵は知らないんだったな」

「知りたくもない、とおもっているのではないですか」

「会社に絶望してな、きみの鋭い分析では……」

まぜっかえすつもりではなかった。が、虚脱感から皮肉っぽい口調になっていた。

それが佐藤の優しい心を刺激したようだった。

「へたな分析ついでにいいますとね、猪狩さん。あの人がいまだに役員になれないのはなぜだとおもいますか」

「役員の枠の関係か何かだろ」

一刷《ひとは》きの風のように、さっと複雑な表情が、佐藤の顔をよぎった。

「鰐淵さんとは、親友じゃないんですね」

「ちがうな、おそらく……。だが、何でだ？」

躊躇したあとに、佐藤はいった。

「あの人は以前、飛ばしの全体的な処理を事業法人部門内で提案したことがあったようです。きいてないでしょう？」

雄二はおもわず目を剝いた。

「飛ばしの処理を、ばらばらに、それも先送りの方向でやっていたんでは埒《らち》があかないと、鰐淵さんは事業法人のトップに意見具申したんですよ」

鰐淵は、露ほども漏らさなかった。なぜか。おれを信用していないからだろうか。

「その提案は潰された？」

「あそこは部門を挙げて、飛ばし隠しに奔走しているんですよ。その方針に反するものは、出世コースから外される。隠蔽と処理の先送りに賛同するものだけが役員に登用される。それを長年やってきた。そういう体質なんです」

鰐淵は自分の経験にもとづいていさめたのか。苦汁がこみあげてきた。

さまざまな裏の事情が、少しばかりみえてきた。聖域に踏み込むものは排除される。そういう暗黙の掟だったのだ。

「わたしだって怖いんですよ」佐藤がいった。「調べようとしても、ひっそりとやらなければならないんです。……まして、あちらこちらにスパイがいる。密告されるんです」

佐藤のふだんと変わらぬ顔の下に、痛みが走っていた。

「わかるさ、おれだってサラリーマンだ」

公開引受や経理の部門は会社の傍流だ。その部門の人間として位置づけられている雄二や佐藤を葬ったとて、会社としては何の痛痒も感じない。

「会長は承知のうえなんだな」

「もちろん。あの人の知らないことなどありえませんよ」

「社長は?」

「たぶん」

「木田副社長は?」

「当然でしょう。いちばんよく知っている人かもしれない」

業務改善チームの委員長でもある副社長を、実直、誠実な人としてしか雄二は意識していなかった。だが、事業法人部門の親玉であれば、見方も変わってくる。

「西条専務は?」

専務は、と佐藤は言葉を切った。西条は佐藤にとっても名古屋時代の上司にあたる。

「豪放にみえて緻密ですから、わたしなんかには読めないところがあります。しかし、独特の情報網をもっていますから、あるいは……」

雄二も同感だ。西条という人物はよくわからない。

それにしても腑《ふ》に落ちないところがある。

四千億円なのか一兆か二兆か知らないが、そのレベルの含み損があって、なぜトップは平然としていられるのだろうか。

「……どう転んだって、最後は大蔵省が面倒をみてくれるとでもおもっているんだろうか」

金融や証券は潰さないとするのが、大蔵省の護送船団方式だ。ひとまとめに面倒をみる。ただし、横並びを強いられる。規制し自由は許さない。

しかし、そんな方式は、もうほころびはじめているのではないか。そんなものを信じて、本当に大丈夫だろうか。

「たしかに大蔵省頼みもあるでしょうね」

佐藤は微妙ないいまわしをした。

「ほかに何がある？　たとえば、市況が回復すれば飛ばしは消滅する、と」

「それもあるでしょう。社長なんかは、本気でそれを信じてますよ。いや、社長だけじゃない。事業法人部門の人間はあらかたそう信じてます。もっとも鰐淵さんの腹はわからないけれど……」

「きみは、それもあるという言い方ばかりだ。何をいいたいんだ？」

佐藤は紹興酒をのんだ。雄二もつられた。が、アルコール度が低くて、少しも利かない。

「会長は自分のところなんか可愛いものだとおもっているんじゃないでしょうか」

謎をかけてきた。

「ほかの大手証券とくらべてか」

佐藤は首を横に振った。目が問いかけてくる。

はっと気づいた。やっと幾重にも蓋をしている速水会長の腹の底をのぞいたとおもった。秘書役だった佐藤は、さすがに見抜いていたにちがいない。

「……そうか、銀行か」

会長は、銀行の不良債権などにくらべれば、この程度の含み損はたいしたことがないと踏んでいるにちがいない。大手の銀行を潰せるものか。まして扶桑証券の含み損など知れたものだ、潰すはずがない――と。

それは、正しい見通しかもしれない。だが、居直りでもあった。あたかも銀行の大口の借り手が、潰せるものなら潰してみろ、とでもいっているような……。そんな論理が通用するのだろうか。

強い酒をのみたいという欲望に、もう抗しきれなくなっていた。

もう出ようやと、佐藤をうながした。だが、とにかく、もう少し食いましょうよと、制止された。空酒をのみがちな雄二の癖を熟知している。

「そうじゃないと、胃に穴が開きますよ」

雄二はそそくさと蒸した白身魚を詰め込んだ。すっかり冷めていて、いつもの何分の一も旨くない。カニの味噌炒めも、やはり旨くない。というより、味覚がほとんど機能しないのである。

9

店を出た。三時間は経過していたが、熱気は少しもおさまらない。からだから冷房の名残りがあっという間に奪いとられてゆく。背広を放り投げたくなった。

夕刻、オレンジに染まっていた空は、黄土色を帯びた不気味な色に変わっていた。毒々しいほどに赤い満月が浮かんでいる。

「まるで、熱病にかかった女を抱いてあるいているみたいだ」

雄二はつぶやいた。

「そのほうが、まだましですよ」

佐藤がうんざりした顔でいった。

「東京に暮らすのはもうたくさんです。岡山に戻りたい。夕凪があったって、こんなにひどくはないですよ」

おれは戻るところすらない、と雄二はおもった。

やっとのことでタクシーを拾い、思案したが、例のバーに行くことにした。のみに行く場所さえ限られている。おれはこの街で、いったい何を得たんだろう。そして、これから何を得ようとしているんだろう。

バーに黒豹はいなかった。

奥のテーブル席にぐったりとすわり込んだ。雄二はドライマティーニ、佐藤はスコッチのロックを頼んだ。三組のサラリーマンが、交互にカラオケに興じている。中年歌手の、だらだらつづく曲が多い。人生賛歌ってやつだ。いつにも増して耳障りだ。「飛ばし」の話はもうたくさんだと思った。だが、マティーニを三杯干し、バーボンのソーダ割りに切り替えてから、またぞろ気になってきた。

「何千億円か何兆かしらんが、まあご苦労なことだ」

嫌味をいってみると、何かが引っかかる。が、頭が切れない。意識は冴えているのに、どんよりとしておもうように回転しない。またバーボンを頼んだ。

「猪狩さん、このところのみすぎですよ」

横にすわったママは、着物ではなくピンクのニットスーツだった。いつもよりはるかに若くみえた。

「匂うような色気があるな」

「あら、いまごろ気づいたの」

「膝小僧が可愛いな」

「頭、のせてみる？」

本気か冗談かしらないが、あけっぴろげに笑っている。水商売の女の気持ちは、いつになってもわからない。

実際にやろうとして、からだを傾けかけたときだった。気になっていることの正体がわかった。

「……膨大な数字を操作していて、よくまちがわないもんだな。おれならこんがらがってしまう」

何千億円か何兆円かしらないが、雄二はそんな途方もない金額をみたことはもちろん、扱ったこともない。

いや、金額だけではない。「飛ばし」に関与している顧客の数だって、相当なものだ。十社や二十社ではきかないだろう。そして、受け皿としてのペーパーカンパニーがある。扶和ファクターやFSC、それにバハマなどの海外法人の数だって何社あるものなのか。

どの顧客の株式をどれだけ、どの受け皿のペーパーカンパニーに飛ばすか。鉛筆を舐めるようにして、右から左に操作すればすむものではないだろう。

「さまざまな制約条件があるはずだよな」

雄二はママにからだを預けた姿勢のまま、佐藤にいった。

「たとえば扶和ファクター一社に、極端に多い株式を飛ばせば、大蔵省や関係者の注目を浴びる危険がある。いやいや、そのまえに数字をみている佐藤が気づくだろう？とすれば、一定の限度があるはずだ」

佐藤の目が何かをいいたそうな色に変わった。

「まだある。いくらバハマが鷹揚《おうよう》だといっても、何百億円もの株式を頻繁に動かせるのか。税法のみならず、為替管理法か何かのチェックをうけないのか。……いや、そもそも、どういう手法を使って、含み損を隠したまま、株式を簿価で動かすのだろう？」

考えれば考えるほど、「飛ばし」の操作は容易ではない。

「とても、おれなんかの知識ではむりだな」

「いったい何の話をしているのよ、怖い顔をして……」からだをママが元に押し戻す。「わたしの膝よりもバーボンのほうがいいの？　失礼しちゃうわねえ」

そんなことをいいながらも、薄いソーダ割りをつくってくれる。ほとんど一息でのみ干した。

「こんなんじゃソーダ水だ。もっと濃いのにして」

「猪狩さん、その調子だと、アルコール依存症になるわよ」

「かまわない。いや、もうなっているさ。それに、おれは酒浸りのときのほうが閃くんだ」

「そういう人は何人もみてきているわ、商売柄。でも、そんなことをしてると、いずれ廃人になるわよ」

「ママが気にすることじゃないだろう。客がのみすぎるのは歓迎だろうが。それこそ商売柄」

「そうはいかないわよ」

「なんで？」

「……わからないの？　おばかさんねえ」

ママが意味ありげに笑ったが雄二は無視した。

「飛ばしの操作をやっているのは、よほど優秀なやつだな」

佐藤が、酔いで緩んだ顔の筋肉をひきしめた。

「そう、特殊な才能がいりますね」

「それから性格的には粘着質の人間だ」

佐藤は目を見開いた。

「さらに愚直なまでの秘密主義者だ。そして権力に極端に従順なやつ」

頭がつぎつぎと回転しだした。

「腹を割って話す友人はいない。夫婦仲も悪いから女房にも打ち明けない」

佐藤も意味ありげな顔をした。

「トップとすれば、そんな仕事、大勢にはまかせられない。秘密が漏れる。ひとり、か」

「……おそらく」

「だれだ？」

佐藤が警戒するようにママをみた。

「この人なら、大丈夫だよ」

「膝小僧がいらないなら、わたしは用ずみだわね。あっちで仕事をしてくるわ」

ニットスーツのピンクの色彩が、冷房の微風に乗って遠ざかる。

「おれがよく知っているやつだな？」

佐藤は答えずにスコッチを舐めた。

自分で条件設定しておいて、それに合致する男を探す。妙な具合だ。

扶桑証券は善良な人間が多いことで、よく同業者から揶揄《やゆ》される。甘いと軽んじられる。それのどこが悪い、と雄二はつねづねおもっている。こすっからい詐欺師の集団より、よほどましではないか。

条件に合う男は、そんなに多くはない。

自分でソーダ割りをつくった。おのずと濃くなる。まだカラオケが流れていた。

重大な秘密をかかえた男は、その作業を早朝か深夜にやるだろう。あるいは、休日。

だれよりも早く出社し、遅く帰る。席をあけるときは、書類をきちんと引き出しにしまい、鍵をかける。まだ若いのに、年寄り臭いほど用心深い男がいた。神経質な性格だとばかり勝手におもいこんでいた。誤解だった。

「……おれの席の、すぐちかくにいるやつか」

声を絞り出した。

佐藤は雄二をみずにスコッチをのんだ。

何てことだ、と雄二はおもった。

第四章　離婚

1

だれかが囁《ささや》いている。歌うような甘美な声だ。少し掠《かす》れていて、雄二好みである。若い女性のようだ。

目を開けて横をみる。しかし、いるのは中年とおぼしき男である。鰐淵のようだ。いや、佐藤かもしれない。あるいは黒豹か。暗くて顔がはっきりしない。口を大きく開けている。何かを話しかけてくるが、ききとれない。やめろ、といっているようでもある。

もうひとりいた。太って、堂々として、西条の雰囲気だ。いい加減にしろ、と威圧する。

——夢だ。

と、目覚めないうちに感じている。しかし夢のなかで、これは夢だ、と感じるものだろうか。

ちかごろよくあることである。とくに危機に陥っている夢のときなどはそうだ。こんな経験が普通にあるものなのかどうか。あるとすれば何を意味するのか。いっぺんだれかにきいてみたいと思いつつ、雄二は果たせないでいる。

意識が次第に鮮明になってきた。やがてはっきりと覚醒する。

ぐっしょりと汗をかいていた。頭が割れるように痛い。

甘美な声は、床の下から漏れて来ていた。康子のヴァイオリンだった。

一階に降りると、冷房が強く利いている。練習するとき、康子はヴァイオリンの音が外に漏れないように、窓を閉めきるのだ。

ヴァイオリンをテーブルの上に置いてから、康子はトーストを焼き、ベーコンエッグをつくる。雄二は、マグカップにインスタントコーヒーを淹《い》れる。

灼《や》けた太陽が手賀沼の水面を照らしていた。ユリカモメが数羽、青い空を気持ちよさそうに舞っていた。平和な日曜の昼下がりだ。会社でやっていることなど、まるで嘘のようだ。

「また腕を上げたんじゃないか。旋律に乗っていたよ」

皿を運ぶ康子に話しかけた。

おかげで目を覚ました、とはいえない。ふだん家庭をかえりみない罪ほろぼしだ。会社では口にしないお世辞でも、康子にはいえる。

「うれしいわ、嘘でも」

すっかり見抜かれている。少しもうれしそうではない。

「何て曲だっけ？」

さして関心はないが、いきがかり上きいた。

「もう十回は教えたわよ」

「じゃあ、十一回目」

微妙に動いた康子の眉が、むだだと告げている。

「モーツァルトの交響曲三十九番よ。辞世の曲の意味で、ふつう白鳥の歌って呼ばれているわ」

「なるほど。道理で……」

雄二は上の空である。業務改善計画。そして「飛ばし」。それが頭を占めている。夢にみるほどだ。

「何が、道理で、なの？」

康子が突っ込んでくる。

「どこか死の影が漂っていたからさ」

蔑《さげす》む目を雄二に向けた。

「ずいぶんとユニークな感性ねえ。ふつうは明るく、優雅な曲として知られているのよ」

「……じゃあ、何で白鳥の歌なんだ？」

「白鳥が舞うように美しいからでしょうが」

トーストをかじったとたん、食欲がまるでないことに気づいた。冷蔵庫まであるき、トマトジュースをコップに注いだ。

「しかし、ずいぶん練習に熱が入っているな」

「そうよ、合宿がちかいからね。でも、うまく弾けなくって焦ってるの」

「合宿はどこ？」

「今回は河口湖」

康子はむかし大学のオーケストラに入っていた。社会人になり、結婚してもヴァイオリンをやめず、出産と育児でたいへんな時期はべつにして、アマチュアのオーケストラに加入している。

六歳という年齢差は大きなもので、雄二が大学を卒業するころは、大学紛争が終息しつつあり、何をやればいいかわからないという虚脱感のなかにあった。かけがえのない時間を無為にすごしてしまった。

一方、康子の年代には、学生が生活を楽しむようになっていた。たとえば大学オケがあちらこちらに誕生した。康子はその空気を満喫している。

いまは家で自習するほかに、毎週土曜日、仲間と練習するために都心の区民センターとか学校へいく。夜、遅いのも珍しくはない。飲み会に流れるらしく、頬を染めて帰ってくる。スポーツで汗を流したあと、一杯ひっかけてきたような、いやにすっきりした顔をしている。雄二の酒とは、おおちがいだ。

そのうえ合宿が年に二、三回ある。河口湖や房総の何とかいう海岸にいく。たいがい二泊三日だ。いそいそと出かけていき、晴れ晴れとした顔で帰ってくる。雄二は、いつも軽い嫉妬をおぼえる。

オーケストラの仲間と旅行するときも楽しそうだ。桜や紅葉の時期には、きまって出かける。

「旅は女友だちにかぎるわねえ」

などと、口癖のようにいう。しきりに強調するものだから、若干の疑念がめばえることもある。音楽仲間と恋におちたりしないのだろうか。康子はまだじゅうぶんに若い。が、正面きって問いただすのは、はばかられる。

演奏会は年に二回ある。市民ホールとか区民会館でやるのだ。趣味にはちがいないが、かなり本格的である。音楽にひたっているときは、雄二や哲也のことは忘れるようだ。

手間のかからない女房でいいとおもうが、ひとり取り残されて家にいるときなどは、寂しさを感じることもある。それが、ここのところちょっぴり強くなってきた。

「合宿というと、演奏会が近づいてきたってわけだ」

「そう。例の都民ホールでやるから、またききにきてね」

「さっきの哀しくない白鳥の歌をやるんだな」

「あと短いのをふたつね」

康子が活躍しているのは、雄二の住んでいるところとはまるで別世界なのである。

「このところ、ずっと午前様ね」

康子はコーヒーだけつきあう。朝食はとうにすんでいる。

雄二はむりやりベーコンエッグを食べる。そうでないと、康子が不機嫌になる。脂っぽい味が二日酔いにこたえた。

「好きで遅くなってるんじゃない。忙しいんだよ」

「何が？」

佐藤や鰐淵の顔が、頭のなかでちらちらする。そう、佐藤の言葉にはずいぶん驚かされた。二度や三度ではなかった。

「いってもわからないよ。おれがモーツァルトの交響曲三十九番を理解できないのとおなじようにさ」

「きれいな女のひとのいる店にいったでしょう？」

「……そうだよ。どうしてわかる？」

「服に香水の匂いがついていたわよ」

どぎまぎしたのは、記憶がとぎれているからだ。あのあと、おれはどうしたんだろう？

「そんなにいいところにいって、どうして機嫌悪そうな顔をして帰ってくるの。どうせのむなら、もっと楽しい酒をのめばいいのに、わからないわねえ」

康子は軽蔑するように溜め息をついた。

新聞をみると、住宅金融専門会社の乱脈融資の記事が出ていた。東京と大阪の信用組合があぶなそうだ。それだけではない。第二地銀の最大手の経営もゆらいでいた。社会の枠組みが崩れていくような気がする。

他人事ではない。大蔵省主導の護送船団方式などを信じていて、大丈夫なのだろうか。速水会長はこれらのニュースをどのように読んでいるか、佐藤に問い質《ただ》してみたい誘惑にかられた。

「夜中に、うなされていたわよ。このところ、つづくわね」

康子が顔をのぞいていた。

「しきりに人の名を呼んでいるようだったわ」

「だれの名を？」

「女の名前」

あのあと佐藤と別れてから、ママとどこかにいったんだろうか。たしか華やかなピンクの装いだった。意識の空白が、つくづく怖い。

「冗談よ」

康子は、あっけらかんと笑った。嘲笑している気配を感じた。

「そんなことより、哲也はこのごろどうだ？」

少しむっとしてきいた。会社でデスクワークをやっているときは、絶えず気にかかっていた。

「どうにか学校にいってるわ」

だが、ほっとしたのも束の間だった。

「あの子、変なこといってたわよ。お父さん、ぼくにやりたいことはないのかってたずねたけど、お父さんは中学のころ、あったのかって……」

康子の吊り上がり気味の目が凝視している。雄二は遠い昔を振り返る。が、答えはみつからない。

「どうなの？」

「たぶん、なかったと思うな。というより、そう簡単にはみつからないんだろうな」

「それなら、なぜ哲也にきいたのよ」

「…………」

あれは、ものの弾みだった。康子が取り乱し、泣いて二階に駆けあがっていった夜、あとで哲也があらわれた。不満がついそのような形で口に出た。そんな状況だったのだ。

「また哲也とゆっくり話してみてね」と康子はいった。「それは父親のだいじな仕事よ」

何とか朝食を半分だけ食べた。

トマトジュースをのみ干したら、コーヒーのおかわりが欲しくなった。コーヒーとくればタバコだ。マイルドセブン・スーパーライトを手にする。

康子がすわったまま、リモコンを使って音楽をかけた。さっきまで練習していたモーツァルトの交響曲三十九番であることくらいは雄二にもわかる。練習の合間に繰り返しきくのだろう。

耳を傾けると、なるほど死の影などみじんも感じられない。優雅で美しい曲だ。

「あなた、タバコっておいしいものなの？」

眉を曇らせて、康子がきいた。

「好きだよ」

「そうじゃなくて、旨《うま》いの？」

「そりゃあ、そういうときだってあるさ」

本当は、ほとんど旨いなどと感じなかった。まずくて、不快なものだ。

「どんなとき、おいしいの？」

「食後の一服、ゆったりと寛ぐとき、ストレスを感じる場合、それから酒の席かな」

「ストレスを感じるとき吸うと、ストレスが減る？」

「ああ、減るね」

「本当に？　一旦やわらぐけれど、すぐにまたストレスが襲ってきて、吸わずにいられなくなるんじゃない？　その悪循環で本数が増える。ちがう？」

「どうして知っているんだ？」

「中野の父にきいたことがあるのよ。こんなに苦しむんだったら、タバコなんかさっさと止めればよかったって」

康子の父親は数年前、肺癌の手術を受けた。それ以来、本調子ではない。

雄二は、これまで少なくとも三百回は、タバコを止めようと決意した。

そして、実際に一週間ほど禁煙した実績が、五、六回はある。もう大丈夫だろうと判断し、一本だけと思って吸うのがいけないようだ。一本のつもりが、すぐ二本目に連鎖し、三本目となる。

意志が弱いせいだろうか。禁煙を試み、そして失敗するたびに、自己嫌悪におちいる。だから、この数年はむだな挑戦はしていない。そして、その結果として、歯をみがいているときなど変な咳が出る。もちろん康子はそれをきいている。

楽章が変わったのだろう、可憐な旋律が小気味よく奏でられる。

「わたし、きょう中野に行かせていただくわ。熱が出て、父が苦しんでいるみたいだから」

それで、タバコの害をいいたくなったのだ。

雄二はがまんして、タバコなしでコーヒーを飲んだ。

2

赤茶色のテニスコートは、素手でさわるとやけどしそうなほど熱をおびていた。陽炎《かげろう》がみえてもおかしくない。雄二はたちまち怯《ひる》んだ。

——汗を流したら、アルコールも出てすっきりするわよ、それに野々村さんから、ぜひにとお誘いがあったわ。

そういわれて、康子に送り出されたのだった。そのときは、健康や友情を気づかってくれる女房に感謝した。タバコの害だって心配してくれるし、優しくていい女だ。

しかし、いざコートを目のまえにすると、砂漠に放り出された異邦人になったような気がする。とてもアラビアのロレンスのようにはいかない。

短パンと半袖という格好は一人まえだが、痩せて青白い二の腕や太ももは、われながら頼りない。果たしてこの炎天下で、脚などつらずにもつのだろうか。

そして、にわかに疑念が湧いてくる。康子は、実家に行くまえに、差し迫ってきた合宿にそなえて少しヴァイオリンを弾くため、おれを追い出したのではないか、と。

——男子、三界に家なし。

そういう時代なのだと、雄二はあきらめる。

おなじ家なし仲間が、借り切ったコートの一面を使って、すでに練習していた。出版社、化学品商社、工作機メーカー、食品問屋の四人がコートの上にいる。ベンチで待っているのは不動産会社。銀行は休みのようだ。

「おひさしぶりですねえ」

不動産会社に勤める藤川は雄二より四歳下で、弘前の出身だ。人見知りをする性格にみえがちだが、人懐っこく社交的でかつ大酒呑みだ。雄二は藤川につれられて、何度か新宿あたりをうろつき、そのとき気づいたのだが、藤川はいわゆる面食いだった。そういえば、奥さんだって、日本風の美人だ。

「いそがしいんですか。こんな不景気なときでも？」

藤川には、まだかすかに津軽の訛《なま》りが残っている。

「因果なことに、不景気でも忙しい部署なんだ。そっちは？」

「だめですよ、さっぱり。不動産なんて売れやしない」

「じゃあ、おれとちがって暇なんだ」

「そうですよ。ね、今度、ロシアバーに行きましょうよ。猪狩さんの手のあいたときに」

ロシア女性のみならず、ラトビア、エストニア、それにポーランドの美人がそろっているバーらしい。ホステスは愛想がよく、スタイルはもちろん素晴らしいが、何よりも肌の白さには目を見張らされるという。

「藤川さん、次どうぞ」

コートから、出版社に勤める野々村が呼んだ。

このテニスの同好会は、練習の順番、試合の組み合わせなど、すべて野々村が仕切っている。練習のとき、野々村はほとんどいつもコートにいる。そして次々に相手を替えて、練習につきあう。

藤川と入れ替わりに、食品問屋の桜井がコートを出てきた。雄二と同年配のスポーツ好きの男だ。

シャツは汗まみれで、荒い息をして、水飲み場へ歩いて行った。みていると、頭から蛇口の水をかぶっている。野々村は藤川の練習相手をはじめた。右に左にボールを出し、藤川が懸命に追いかける。わりといいフットワークだ。

コートは二時間借りている。練習に三、四十分。からだをほぐしてから、ダブルスを一時間あまりやることになっている。

雄二はコート脇でストレッチをした。康子に教えてもらった要領で、手や脚を伸ばす。とくにアキレス腱は丹念に伸ばす。ほどなくして、藤川が息を切らして戻ってきた。

「野々村さんには、かなわねえや」ラケットを放り出し、地べたにすわり込む。「こっちのほうがひとまわり以上年下なのにねえ」

水飲み場に行く気力もないらしい。

「猪狩さん、どうぞ」

野々村が遠くから招いている。順番を待っていた病院で呼ばれたような心境だ。

最初のうちは、打ちやすいボールを出してくれる。しかし、しだいにぎりぎり届きそうなところを攻めてくる。

拾おうとする。足がもつれる。すぐに汗が出る。心臓が悲鳴をあげる。

野々村は、笑みを浮かべながら、絶妙なコントロールでボールをあやつる。

「はい、次はボレー」

まずはフォアハンド。どうにか当てる。野々村が拾い、打ち返してくる。また当てる。拾う。勢いのあるボールがくる。弾く。

それからバックハンド。ほとんどまともに返らない。ついでスマッシュ。きょうは青空なんだと、おもっているうちに終わった。

都合七、八分もやったろうか。情けないことにもうからだが動かない。ギブアップして、ベンチまでどうにかあるき、横になる。体力の衰えを痛感した。

一通り練習を終えて、ダブルスのゲームに入った。

雄二は藤川と組まされることが多い。

「株屋と不動産屋は、似た者どうしだからな。ましてこんな不況下、同病相哀れむっていうじゃないか」

さすがに、まとめ役の野々村はそういわないが、手堅いメーカーや問屋などに勤めている連中は、からかって楽しむ。バブル崩壊後の株価の下落で、雄二はこの仲間といると、肩身のせまい思いをすることがある。藤川もきっとそうだろう。

標的にされるのは、ふたりのほかに銀行の合田だ。

「銀行って、いったい何のためにあるんですか」野々村でさえ真顔で、そんな質問をする。「預金者にはスズメの涙ほどの金利しかくれない。しかも取引先には貸し渋って、中小企業にはシビアだそうですね。世のため人のために、何か役に立っているんですかね」

いつからだろう、銀行員の合田はテニスの集まりに出てこなくなった。

「おれたちだって、あぶないですよね」と、藤川はいう。「合田さんと同じように非難されかねないのは、猪狩さん、ぼくとあなたです」

「証券会社は、詐欺師だってわけだな」

「不動産会社もね」

「これは大きな声ではいえないが、いったい資本主義って何なんだろう？　きのう千円していた株が、きょうは三百円になる。坪三十万円の土地が、十万円になる。あまりに理不尽じゃないか」

「大きな声でいえませんがね」と藤川が調子を合わせた。「ようするにばくちなんです、われわれがやっているのは……。資本主義とは、あまり関係ないんですね。銀行屋も株屋も不動産屋も、みなばくち打ちなんですな」

「ほう。きわめて説得力があるな」

「ところがですね、こまったことに、国民もみなばくち打ちになってしまった。そして、たまたま金を儲けても使い途がわからない」

「無趣味の男は新宿のロシア美人の店に行くってわけだ」

「ところが真面目なやつは、際限なく土地と株に金を注ぎ込んだ。そして、このあいだの暴落で大損です。よって、ぼくらを責める。詐欺師だって……。自分の強欲は棚に上げてね」

「ますます説得力があるなあ」

「まあ、みんな成金なんですな、この国の人は。あと五十年はだめですね」

「なるほど、そういう醒めたところがあるから、野々村さんと気が合うんだな」

そういうことです、と藤川は目でいった。

3

案の定、雄二はこの日も藤川と組まされた。相手は野々村と化学品商社の黒埼だ。双方の年齢を足算すると、雄二のペアのほうが三十歳は若い。

雄二は、野々村の手もとで伸びてくるサーブが、まるで受けられない。また、左右に振ってくる黒埼の老獪《ろうかい》なコントロールには翻弄された。ダブルスなんか、さして体力を使わないはずなのに、すぐに息があがった。藤川も似たようなもので、ダブルフォルトを連発した。それをカバーしようと力むから、ネットに引っかけてばかりいる。一対六で完敗した。

「テニスは年齢ではないなあ」

還暦をすぎて、もうすぐ孫が生まれそうだという黒埼が、愉快そうに笑った。毎朝、手賀沼の周りのジョギングで鍛えている太腿が、いやに眩しい。野々村だって贅肉を削ぎ落としていて、腹はほとんど出ていない。そして、肩や腕の筋肉が盛り上がっている。

「いやになっちゃうな」藤川がコートの外のベンチで汗を拭《ぬぐ》いながら嘆いた。「現役ばりばりのほうが、半隠居のおじさまに負けるんだからな」

雄二は、康子に持たされたポットの麦茶をのもうとして、藤川が何も持参していないのに気づいた。蓋を兼ねているコップにたっぷり注いで、藤川に勧めながらいった。

「ねえ、おれたちって、いささかひ弱なんじゃないだろうか」

「そりゃそうですよ」

藤川は一息で麦茶をのみ干した。

「さっきの話じゃないですが、猪狩さんやぼくの職業をみな詐欺師のようにいうけれど、詐欺にあっているのはぼくら自身なんですからね。元気がなくなって、ひ弱にもなりますよ」

雄二は、まじまじと藤川の顔をみた。

「おれたち、詐欺にあっているのか」

もちろんそうですよと、藤川は重々しくうなずいていった。

「子供のうちは一所懸命勉強しろといわれ、会社に入ってからは、休まず真面目に働けっていわれつづけてきたでしょう？　そうやれば、年をとってから幸福になれるって、マインドコントロールをかけられてきたでしょうが」

藤川はナップザックからタバコを取り出し、旨そうに吸う。康子から警告をうけ、雄二はタバコを持参していない。

「まあ、そうだな。年をとれば楽な仕事にまわされ、給料をいっぱい貰えると期待していたな。どれだけ真に受けていたかは疑問だけどね」

「ぼくは真に受けていましたよ。だって、ぼくが入社したころの四十代の管理職って、顧客との宴会には出るけれど、日中はほとんど仕事なんかしてませんでしたからね。ぼくは、年食ったら、あんなふうに楽になれるんだと思っていましたよ。それが夢だったなあ」

「わかるよ、とてもよく……」

「ところが、どうです。四十をすぎれば、かえって仕事はシビアになる。パソコンなんて融通の利かない機器の操作をおぼえなければならない。おまけにリストラの対象にもなりかねない。いったい何のために働いているんですかね、われわれは……。死ぬまでこんなことをつづけるんでしょうかね」

藤川は深刻な話をするわりには、さばさばした顔である。雄二はそんな藤川が好きだ。だが、きょうはいつにも増して、いうことは過激だ。

「いくら働いても、将来の保証がないでしょう？　それに比べれば、あの人たちには余裕がありますよね」

コートで飛び跳ねている野々村と黒埼を、藤川はタバコをはさんだ指でさした。

「年金はちゃんと出る。観光地に行くと、おばさん以外は年金生活者ばかり。リゾート地でゆっくり寛いでいるのもそう。しかも知ってますか、少なからざる年金生活者は、年金を貯金に回しているのを……。年金って、貯金するために支給されるもんじゃないんですよね。消費が伸びないわけですわ」

野々村・黒埼ペアが、工作機・食品組を翻弄している。たんねんにバックをつき、満を持してボレーをふたりのあいだに打つ。

「野々村さんたちに比べれば」と藤川がいった。「こっちは、住宅ローンと教育費で、ひいひいいっている」

「そう。よってゲームに負けるんだな」

「つまり、こういうふうに生きれば幸せになれるって、われわれは教えこまれていたけれど、それは詐欺だったということなんですね」

野々村たちが、またも圧勝した。六対二くらいのようだ。満面に笑みを浮かべ、ネットに歩み寄って相手と握手する。敗れたほうは、苦笑しつつ頭を下げた。

野々村・黒埼組のあと、雄二と藤川は工作機・食品組と戦った。

藤川のファーストサーブが入りだし、雄二もボレーをいくつか決めた。右に打つとみせて左に打つのが、雄二の数少ない得意技である。

四対二とリードしたが、そのあとがいけない。つづけざまに緩いロブを上げられる。青い空に舞う黄色い球を、足をもつれさせながら追う。陣形を乱されて、間隙《かんげき》を衝かれる。あるいは、やっと拾った球が短すぎて、軽く合わせられる。四対六で逆転負けだ。

休む暇なく、野々村・黒埼組と対戦した。二対二まで持ち込んだが、また左右に揺さぶられる。右のサイドラインの球を返しても、次にくる左のバックが、わかっていても拾えない。脚がつりそうになり、動悸が激しくなる。われながら情けない。で、二対六。またも惨敗だ。

水飲み場まで歩き、水を出して頭から浴びる。後頭部から首筋のうしろのあたりが、とくに気持ちいい。流れ落ちる水で顔をこすりながら、かつてテニスを頻繁にしていたのは、この快感のためだったとおもいだした。汗とともに、アルコールやニコチンが抜けるように感じる。生き返った気がする。

酒やタバコは、もう二度とのむまいと誓う。たぶん一時間と持たない誓いだ。

「どうも、いかんなあ。相手にならない」

ベンチに戻って雄二がいうと、

「当然の結果かもしれませんよ」

藤川は微笑を浮かべた。

「なぜ？」

「猪狩さんには、勝とうという気が、あまりありませんね」

「そんなことはないさ」少しばかり、むっとした。「これでも、何とか勝とうとおもったよ。結果的には迷惑をかけたけど。しかし、からだがついていかない。運動不足、かつ練習不足だよ」

「そうでしょうか」

藤川は、またタバコを吸う。

「そう、それにやたらとタバコを吸うから、体力が弱っているんだ」

皮肉のひとつもいいたくなった。

「なるほど、じゃあ反省ついでに一本、どうです。ゲームはもう終わりなんだし」

誘惑に抗しきれず、手を出しそうになる。だが、吸うまえからわかる。疲れて水分を失ったからだに、ニコチンがよく回るだろう。頭がぼうっとするにちがいない。それに、康子のいうとおり、旨いものではないのである。

「ぼくらがひ弱なのは……」と、藤川が話を蒸し返した。「何に対しても、必死になれないところじゃないですかね。少なくともぼくは仕事にせよ、ロシア美人のところで酒をのむにせよ、何だか暇潰しでやっているような気がしてならないんですよ。これって、何なんでしょうね」

藤川にはなぜか、いつもの生気がなかった。地上げの専門家の藤川は、酔ったときなど、苦労話をおもしろおかしくきかせてくれる。そのときの勢いが、きょうはまるでない。

「いまの世の中、そんなものかもしれないな」藤川の弱気は、簡単に雄二に伝染した。「とくに中年期をむかえると、倦怠感をおぼえるんじゃないか」

「でも、あの人たちはそうじゃないですよ」藤川は野々村たちに目を向けた。「ぼくよりはるかに上なのに、必死になってテニスをやっている。仕事だって、きっとそうですよ。ぼくらと、どこがちがうんですかね」

なるほど、そうであった。

「ハングリーな世代の最後だからかな。おれたちはハングリーじゃないもんな。戦争も飢えも経験していない」

「生きる目的だって、本当は持っていないんですよね」

「たぶん、そうだな」

コートのまわりで、サルスベリの花が、毒々しいまでに咲き誇っていた。陽が西のほうに傾きだしている。

テニスのあとは、コンビニに寄って、それぞれがビールや酒とつまみを買い、手賀沼遊歩道の四阿《あずまや》付近で一杯やるのが習慣である。だれかの家に寄ったのでは、そこの奥さんに負担をかける。しかも奥方たちは、いつからか、いっしょにテニスで遊ぶのをやめていた。みな年をとってきたのだ。

雄二は缶ビールを二本とサキイカを買った。たいていの者はその程度だ。しかし、藤川はウイスキーのフルボトルと、氷とミネラルウォーターを買った。牛肉の大和煮ほか、缶詰も四、五品求めた。

「さすが地上げ屋は、やることがちがうね。半端じゃない。地主を口説くときの徹夜の交渉が生きている」

野々村がまぜっかえす。

「一流不動産会社の社員といってくれませんか」

藤川の言葉に、みなが笑った。

遊歩道に着くと、四阿に腰かけるもの、芝生に車座になるもの、さまざまである。異常なほどの熱気は、夕刻に沼のへりにいても、緩和されるということがない。もう何年も暑い夏がつづいている。

水分を出しきった雄二のからだに、ビールがすいすい入る。またたく間に二本空き、藤川の勧めてくれたウイスキーをのむ。

水辺に生い茂る葦《あし》のちかくに、市の鳥であるオオバンが群れている。幼かった哲也は、その黒い羽から、長いあいだカラスと呼んでいた。そのころ家には悩みらしい悩みは何もなかった。

ユリカモメが沼の上を舞っていた。もう少しすれば、ねぐらに帰ることだろう。日がゆっくりと暮れてゆく。ゲームの展開をふりかえったり、プロのトーナメントの話をしたりしながら、みなが和やかに談笑する。佐藤と、穴蔵のようなバーで、せっぱつまった話をしながらのむ酒とは大ちがいだ。何もかも捨てて、この仲間たちと穏やかに過ごせるならば、どれほど幸せなことか。

――いや、しかし……。

と雄二はおもう。おれは本当に平和を求めているのだろうか。じきに飽き足らなくなるのではないか。藤川のいう暇潰しのネタがなくなって……。

四阿周辺でのささやかな酒宴が終われば、それぞれが自宅に帰って夕食をとり、明日からの勤めに備えるのが習慣だった。ところが、藤川の様子が変である。暮れなずむ空を仰ぎながらいった。

「猪狩さん、すぐ帰らなきゃならない？」

仲間きっての酒豪だから、のみ足りないのかと思った。ちかくの居酒屋にでも行こうという誘いかと取った。

「いや、べつに」と、すぐに答えたのは、康子が中野の家に行っているのをおもいだしたからだ。夕食は作り置きのものを、勝手な時間に食べればいい。

それに、雄二にはわだかまりがあった。今後どういう顔をして、今井や永田と向き合えばいいのか。業務改善計画について、何を主張すればいいのか。考えがまとまらない。

いっそのこと、数日、会社を休みたい気分である。どこか東北の温泉にでも行って……。

「じゃあ、うちでのみましょうよ。大丈夫、奥さんには、ぼくから電話しますから」

悪魔の誘いである。

意外だったのは、藤川が野々村にも声をかけたことだ。しかし考えてみれば、藤川は常日頃から、野々村を慕っていた。やんちゃ坊主の要素のある藤川は、野々村の泰然自若としたところに甘えていた。

4

藤川の家も手賀沼沿いの遊歩道の並びにある。雄二の家よりももっと奥だ。

不動産会社に勤めるだけあって、家は瀟洒《しょうしゃ》な洋風のつくりである。壁はアイボリーだ。

使い勝手がいいようにと、リビングは思いきって広くとり、十五、六畳はある。一階はほかにゆったりしたダイニングキッチンがあるだけで、狭い和室なんかはない。

だが、リビングに入って、すぐに違和感をおぼえた。

野々村も横で息をのんだ。あったもの、あるべきものが消えていた。

部屋の中央のソファやテーブルがなくなっており、リビングには不釣合なダイニングテーブルが置かれている。それから、部屋の隅のかなり広い部分をしめていたピアノが消えて、不自然な空間が生じていた。かつて、ひとり娘のために購入したものだときいたことがある。

本棚もなくなっていた。そこに収められていた書籍は、壁際に平積みになっていて、それがいかにも乱雑な印象を与えている。

藤川は隣りのダイニングキッチンに入っていった。

雄二と野々村は、どことなくすわり心地の悪い椅子に腰をおろし、無遠慮に部屋をながめた。

注意してみると、いかにも高価そうだったサイドボードも消えていた。壁が数ヵ所、まるで切り取ったような空白になっている。ユトリロなどの絵画を飾っていて、陽に当たらなかった部分だ。

「なるほどねえ」

野々村が、ひとりごちた。

藤川は不揃いなグラスを三人分と、冷凍庫から取ったらしい氷を入れたどんぶりを持ってきた。

「ウイスキーは、お好みの濃さでつくってください」

そういって、藤川はコンビニで買ったサバの味噌煮とイカ煮の缶詰をあけ、ウインナーソーセージの袋を切った。漬物のパックもあった。

「こんなとき、女って何を残していくものなの？」

野々村はウイスキーを舐めながら、好奇心をあらわにした。

「生活できる最低限のものですね」

藤川は淡々と説明した。

「電気製品は意外と残してくれましたね。炊飯器、トースター、冷蔵庫、洗濯機など。掃除機や電子レンジは持っていきました。どうせ掃除はしないし、電子レンジは使わない。そう踏んだんでしょうね。そうそう、テレビもなし。休日に野球やゴルフをみる程度でしたからね。どうしてもみたきゃ買えば、というところでしょうかね。けっこうきめ細かく考えてますわ」

藤川はそういって苦笑した。

「じゃあ、家具のほうは？」

野々村は編集者としての職業病なのか、容赦なくたずねる。

「まあ、ごらんの通りですよ」

「本棚もないけど」

「ああ、あれは女房が奮発して買ってくれたやつでしてね、けっこう高かった。だから自分のものだとおもったんでしょうね。そういうものは、サイドボードを含めて全部、持っていきましたね。残ったのは、ぼくのベッド、それからタンス。机。そんなところかな。ああ、古い食器棚は残していきました」

「ずいぶん緻密な分類だねえ」

「そう、感情的にみえて、女は怖いほど計算高いですよ。食器類で残したのは、ぼく用の茶碗など。こんなものはいらないから置いていきましたね。それから、使い古しのフライパンや鍋、皿など、いつか捨てようとおもっていたものも残しましたね。夫とともに捨てたってわけでしょうね」

雄二はどう反応していいかわからない。かといって、黙ってウイスキーをあおる気分にはなれない。

「で、いついなくなったの？」

野々村は、明日の天気をきくようなくちぶりだ。

「二週間ほどまえですわ。ある夜帰ってきたら、女房も子供もいませんでした。数日がかりで、ひそかに荷物を運び出す準備をしていたんですね。こっちは呑気にのんだくれていて、何も気づかなかった。まあ、完全犯罪ですね」

「女性は踏んぎると、徹底するからなあ。男は未練を引きずるけどね」

藤川の奥さんは、清楚で知的な美人だった。料理が上手《うま》くきれい好きで、願ってもない主婦にみえた。藤川の自慢の種であった。

康子と同年配で、ときおり家でお茶をのむ仲だった。

「あの奥さん、完璧主義よ。話していて疲れるわ」

康子がいつかそんな批評をしていたが、気が合うほうだった。ひょっとすると、康子はこの件を打ち明けられていたのではないか。

「藤川さん、もてるだろうからなあ」野々村は葉巻に火をつけた。いい香りが、だだっ広いリビングに広がる。「で、お相手は会社の女性?」

「ええ、アシスタントというか、いっしょに仕事をするパートナーでした」

「若い?」

「三十ちょっとですね」

「藤川さんはいくつだっけ」

「四十二です」

なるほど、と野々村は独り合点した。

「いちばん危ない年齢だったわけだ」

「どういうことです？」

雄二はいささか反発した。仲間の苦境に対して、淡泊すぎやしないだろうか。

5

「魔が差す年齢だからなあ」

野々村は雄二の追及にさらりと答えた。

「ある研究によると、四十二、三歳は、男がもっとも不倫をする年齢らしいんだよ。動物としての衰えを感じだすと、若い女に妙に惹かれるんだな。自分の種を残したいという本能の働きらしい」

野々村はソーセージをつまんだ。憎たらしいほど旨そうに食べた。

「そう、たしかによくある話です」

藤川は苦しむ日々を、通りすぎているようだった。

「いいじゃないか、好きなことをやったんだからね」

野々村は同情しなかった。

「……そうでしょうか」

雄二は割り切れない。

「なに、自制すればしたで、どのみち後悔するさ。一夫一婦制なんてフィクションだからね」

「他人事だと思って、気楽にいいますね」

「そうでもないよ」野々村は悠然としている。「雄二さん、何だか怒っているみたいだな」

「ええ、人は簡単に別れないほうがいい」

「べつに簡単に別れたわけじゃない。悩んだ末のことだろうさ」

「まあ、そうですが……」

「雄二さん、こんなことという必要はないが、ぼくも危なかったんだよ。身におぼえがある」

雄二よりもはるかに鋭い目で、藤川が野々村をみた。

「ぼくの生き方は試行錯誤、といえばきこえがいいが、ようは迷いっ放しだね。最初に入った会社は勤まらなかった。それでも何とか適応しようとして頑張って、人の何倍も働いたよ。そのあげくが、女房に愛想をつかされて逃げられそうになった」

「会社人間だったんですか」

「どちらかというと、仕事人間といってほしいけどね、まあ大差ないな」

「ぼくは女の色香に狂っただけですがね」

藤川が自嘲気味にいった。

「それも大差ないね。仕事に狂うのも、女に狂うのも、似たようなものよ。エネルギーがどっちに向かうかだけの話でさ。藤川さんは女にもてた。ぼくはもてなかった。それだけのちがいだね」

「……いや、ちょっとちがうんですよ」

藤川がはじめて苦しそうな表情を浮かべた。

「恥を忍んで告白しますとね、女房が出て行ったと知ってから、彼女の反応が突然変わったんですわ。まるで夢から醒めたというか、よそよそしくなったというか」

野々村の顔も、はじめて厳しくなった。

「彼女は急に会うのを避けるようになったんです。親と食事をしなければならないとか、親友のところに遊びに行くとか、何だかんだと理由をつけて……」

藤川のからだが縮んだようにみえた。

「面食らっているうちに、どこからともなく、社内に噂が広まっていきました。中年男が仕事にかこつけて、部下の若い娘をしつこく追い回しているというんですね。一種のセクハラだというのです。屈辱的な噂ですわ」

「………」

「そして、突然子会社への出向を命じられました。何せ古い会社ですから。もっとも、それが原因かどうかはっきりしませんが……」

「じゃあ、彼女とは？」

「一、二度会って、ふられました」

さすがの野々村も、雄二も、しばらく言葉を失っていた。

「そうすると、これは一種の送別会みたいなものかな」

野々村がやっといい、藤川が乾いた笑い声をあげた。

そして藤川は、こういう結果になったのはやむを得ないといった。身から出た錆である、女房にはあまり未練がない、女を恨む気持ちもないとつぶやいた。雄二と野々村は押し黙ったまま、苦い酒をのみつづけた。

しばらくして藤川は、「小学生の娘の夢をみる、娘に会いたい」と泣きだした。

「もし奥さんと連絡をとりたくなったら」と雄二はいった。「うちの康子があいだに入れるかもしれないよ。遠慮なくいって」

藤川の家を辞したのは、九時すぎだった。

手賀沼の上に、惚れ惚れするほどの満月が出ていた。黒々とした沼が、それだけを映していた。

押し黙って遊歩道を歩いていると、つい数時間前、酒宴を開いていた四阿のまえに着いた。野々村は腰をおろして葉巻をくゆらした。

「女は怖いですね。他人から奪い取れたとわかると、じきに要らなくなって捨てるんですかね」

野々村は答えなかった。

「でも、藤川さんは、やりたいことをやった。羨ましいですよ」

野々村が、ほう、という目で雄二をみた。

「雄二さんは、やりたいことをやってない？」

「残念ながら……」

「何で？」

「やりたいことがわからないのでしょうね」

鰐淵に会い、佐藤の話をきいて、少しだけ自分というものがみえてきた。

「それから、臆病なんですよ」

この数日、懸命に逃げようとしている気分が、日増しに強くなっている。淡々と命じられた仕事をやっていれば、公開引受部の部長くらいにはなれるだろう。脆弱《ぜいじゃく》な自分をかかえて、これからもやってゆく。それが、おれの宿命だろう——そうおもえてきた。

沼を渡る風が、いくらか涼しくなっていた。

第五章　虎の尾

1

公開引受部の内海から、社内電話がかかってきた。

「猪狩はん、すっかりお見限りやおまへんか。もう何ヵ月もお会いしてまへんけど、近々一杯どうでっか？」

ちょっと甲高く、威勢のいい声。機嫌がいいのか、関西出身の地を出している。小太りなからだと、童顔が目に浮かぶ。

「このところ、ろくなことがないんだ。酒をのんでもちっとも旨《うま》くない」

気晴らしにとおもってテニスをやれば、藤川の離婚話を聞かされた。

「おれなんかとのむより、きみ好みの、若くてスリムで知的な女と遊んでいろよ」

「いわれんでもそうしたいんでっけど、そんな女は、ぼくには好意を持たんようできとるんですわ」

「なんでまた」

「神様がそのように作らはったんとちゃいまっか」

「いま、いくつになった？」

「四十二ですわ」

「それなら基準を変えたらどうなんだ。二十代の女はまだまだ子供だから、そんなのにきみの良さがわかるはずがない。そうだ、四十前後がいい。優しくて家庭的な女を探せよ」

「猪狩はんの奥さんみたいな？」

「…………」

「せっかくでっけど、いまどき優しゅうて家庭的な女なんているとおもいはりまっか？」

藤川の妻や愛人のことをおもいだした。

「しかし、そんな調子じゃ、五十すぎても独身てことになりかねんぞ」

「猪狩はんとちごうて、ぼくにはまだまだ無限の可能性がありまんがな」

「そうか。じゃあ、むだな努力をつづけるんだな」

内海とは、話しているだけで気持ちが明るくなる。公開引受部でいっしょに働いていたとき、何度かそう感じたものだった。

会いたいとおもう。しかし、時間がない。忙しいんだと断る。

「知ってま。そいで、その件でお話ししたいんですわ」

内海は早耳である。雄二が出向するときとおなじように、また何かをつかんだのかもしれない。

「でも、禁酒中なんだよ、おれは……」

「へえ、いつからでっか」

「昨日からさ」

「そんなら昼飯、食いましょ。それならええでしょう?」

「お茶にしないか」

「しょうおまへんな。何時に、どこで?」

「三時。隣りのビルの喫茶室」

鰐淵と会ったところだ。

「タイムリミットが、とうに過ぎてます。そうでっしゃろ？」

喫茶店に現れた内海はきっちりした背広姿だ。ライトグレーの夏のスーツに、シャツは白だ。そして金色の混じった紺のネクタイ。

雄二はワイシャツだけ。古い緑のタイは、緩めに結んでいる。

「タイムリミットって？」

「業務改善計画がまとまらんそうやないですか。大蔵省の指定した期限を大幅に過ぎてるんでっしゃろ？」

内海には、事情通であることを誇示する癖がある。だれからきいたとたずねれば、情報源は秘密ですと答えるにきまっている。

「いま、むりやり作り上げようとしている最中だよ」

「どないな内容になるんでっか？」

「知っているんだろ」

「いえ、ほんのアウトラインだけですわ」

自慢げな顔をした。

「それでじゅうぶんだよ」

「穏健な案になりまっしゃろか」

「ほう、そういういいかたもあるか」

「ちゅうことは、今井、永田ラインの案が通りまんねんな」

いやになるほど知っているようだ。

「議論百出したときは、最大公約数的な案に落ち着く。そういうもんだろう」

「へえ、そない真剣に議論されてたとは知りまへんでした」

わざとおおげさに、愛嬌のある目を丸くした。

「はっきりした意見が出んで困ってはる、ときいてましたんや。……で、猪狩はんの意見は、なんぼか反映されるんでっか」

「おれの意見なんか尊重されないさ。だいいち正規のメンバーじゃない。下請けだよ」

内海が探るようにみた。雄二の胸に、ちらと痛みが走る。

きいたことのある曲が流れている。暗い情念がこもった劇的な構成のピアノ協奏曲だ。ベートーヴェンのような気もするが、ちょっとちがう。

康子が練習していたか、あるいは好んでいるものだ。何度きいても、雄二には作曲家や曲名がおぼえられない。

「前期の決算、五百億円の赤字でっせ。最悪ですわ」

内海はタバコに火をつけた。ヘビースモーカーで、雄二の倍は吸う。

「ほかに、含み損もずいぶんあるというやないですか。一千億円ぐらいでっか。そないなときに、穏健な案で苦境を乗り越えられるんでっか？」

煙りとともに吐き出した。

「おもいきった外科手術をせんことには、この会社は立ち直れまへん。ちゃいまっか」

内海はテーブルごしに身を寄せてきた。

「今井部長は優秀な人です。でも、蛮勇をふるう性格やない。永田さんは能吏やけど、実質的には会長の小使いです。あの人たちに、抜本策なんか立てられまへん」

永田の名が引っかかる。

「永田とは懇意なのか」

「とんでもおまへん。親しゅうなんかなりたくもおまへん。ぼくより一期上やけど、下の人間には権力的で、冷たい男ですわ。虎の威を借りる狐ちゅうやつ。いつも会長の名を出すんできらわれてますわ」

「会長の特命事項でもやっているんだろうか」

心音が少し速くなった。

「そうそう、それですわ。しじゅう、ひけらかす」

「どんな仕事だろ？」

「肝心なことはいいまへん。おれは、おまえらとちごうて、機密を知っているんやと匂わせる。そやけど具体的な内容はいわんと、陰険に薄笑いするだけ。鼻持ちならん企画畑のエリートですわ。まちがいのう出世はするんやろうけど」

雄二はトマトジュースをのむ。経理部長の佐藤との会話を思い出した。「飛ばし」のすべてを操作している男……。

つられたかのように、内海はエスプレッソの小さなカップを口に運んだ。大きな丸顔にそのカップは不釣合だ。

「ぼくらは、猪狩はんに期待してるんでっせ。会社の危機を救う再建案をだしてくれはる、と」

「買いかぶりだよ」

「いいえ、ぼくらだけやない。西条専務が何で猪狩はんを経営企画部に送り込んだともいますの？」

今度は、心臓が止まりそうになった。

「……おれは西条さんによって、いまの部に移ったのか」

内海は呆れた顔をした。

「そうでっしゃろ？　ちゃいまっか」

「はじめてきいた」

「専務からは？」

「もちろん、何もいわれてない」

「猪狩はんは専務の尖兵やと、みんなおもてます。公開引受部にきたんも、黒豹さんの会社に出向したんも、それから経営企画部に移ってんかてみんな専務の意を体してのことやと……。今井さんら企画畑の人間は、それがおもろうない。そやから猪狩はんを優遇せんのですわ」

楽章が変わったのか、ピアノが優しく哀調を帯びた旋律を奏でている。独特な透明感。そう、ベートーヴェンではない、モーツァルトだと雄二はおもった。

扶桑証券は、十数年来、経営企画部と事業法人部のふたつの部門の出身者が、経営の中核を形成していた。会長や社長は歴代経営企画部の出であり、現部長の今井やその配下の永田は、その系列に属する。

「経営企画を経験しなければ、社長になれない」

という強烈なエリート意識が、この部門の社員をささえている。

一方、大会社を顧客とする事業法人の部門には、べつのプライドがある。

「会社の利益にもっとも貢献しているのは、おれたちだ。経営企画のような内部官僚に何がわかるか」

そういう強い対抗意識があり、「法人の扶桑」のブランドを、ことあるたびにふりかざす。その旗頭が木田副社長であり、鰐淵もその傘下にある。

両部門の鞘当ては激しく、その微妙なバランスのうえに、扶桑の経営はなりたっていた。

支店経験が長く、また公開引受の部門を担当してきた西条は、そのいずれの派閥にも入っていない。にもかかわらず専務の地位まで登りつめた。並の実力ではない。

「野心家の西条はんは、まず猪狩はんを経営企画部にいれて、くさび打ち込もうとしたんですわ」

内海はまるで西条本人からきいたような解説をした。

「ちょっとばかり、劇画のような見方じゃないか」

雄二は呆れ、いささかの疲労を感じる。自分とは縁遠い世界のできごとにおもわれる。

「そいでも、会社のなかで起きてることなんて、どのみちその程度のことでっしゃろ」

「そうだろうか」

「あほらしいとおもいはりまっか？」

「おもうね、悪いけど」

「そやから、おもろいんでっしゃろが……」内海が口を尖らす。「ゲームちゅうもんは、単純で下らんほうがええんです。丁半ばくちは、その最たるもんですわ。そやからだれもが熱中できる、みんなのゲームになるんですわ」

「おれは、そんなゲームに参加したくない」

「あきません」

「なんで？」

「社員でいる以上、すでに参加してるんですわ。本人の意思は関係おまへん」

内海は何だかとても楽しそうだ。じつに旨そうにタバコを吸う。

禁煙して二日目。雄二も無性に吸いたい。だが、康子の父親の肺癌の話が気になっている。

ピアノがきびきびしたリズムを刻んだ。華美、そして明朗。だが、根に暗い不安がこもっている。モーツァルトにしては珍しい曲のような気がするが、もちろん雄二に論評する資格はない。

「……なんでおれなんかに期待するんだ？」

内海はいい男だが、ちょっとつきあいきれないところがある。社内政治への興味もそうだ。

「たぶん、実務をしらん経営企画部の官僚たちや、大企業のお守りばっかりやってはる事業法人の連中とちごうて、猪狩はんが仕事の現場を経験してはるからでっしゃろな」と評論家のようにいった。「もっとも、それはぼくの見方であって、西条専務が何を期待してはるのかは、想像できまへんけどね」

「じゃあ、いっそのこと、専務にじかにきいてみてくれないか」

「いいアイディアでんな」

「ついでといっちゃあなんだが、業務改善計画についての意見もきく価値がありそうだしな」

「ますますいいアイディアですわ」

「ところで、きみはおれに何の用があったたんだっけ」

内海は鳩が豆鉄砲をくらったような顔をした。

「とぼけんといてください」

「べつに、とぼけてなんかいないさ。とにかく、きみはおれに会いたかった」

「それはまちがいおまへん。愛ですわ」

「社内情勢にうとい元上司に、現況をおしえてやろう、と」

「そうそう、それもありまっせ」

「あとはなんだ？」

「起死回生の業務改善計画をつくってください」

目に力をこめている。

「おれに、そんな力はないよ。多勢に無勢、とおらない」

「どないしても？」

「ああ」

内海の童顔に落胆の色が浮かんだ。

「そんじゃあ、この会社はどないなるんでっか」

「株価が回復して、含み損が解消するという見方がある。それが通説だな」

「猪狩はんも、そうおもいはりまっか？」

「おれには株価の予想はできない。ちかごろとくに自信がない」

「いや、株価のことやのうて、うちが含み損を解消できるんかどうか」

「解消しなくても大丈夫という見方だってある」

「トップに？」

「そう」

「猪狩はん」内海が切実な声を出した。「ぼくは怖いんですわ。この会社、ほんまに潰れてしまうんやないか」

2

経営企画部長の今井から部内の会議室に呼ばれたのは、水曜日の夕刻だった。

連日の真夏日で、おまけに会社は経費節減を理由に温度を高めに設定しているため、冷房がほとんど利かない。雄二は昼過ぎからネクタイを外している。

会議室は、西日が射すうえに小さくて、ドアを開けるとむっとした熱気を感じた。

──何でこんなところで会議をやらなきゃならないんだ。

部屋に入ると、意外にも、今井と向き合ってもうひとりいた。

腹心の永田である。その顔には、まだうっすらと微笑が残っていた。親密な話をしたあとの雰囲気が漂っている。

「業務改善計画の骨格をきめたよ」

今井は雄二がすわるなり口を開いた。

きかなくとも見当はつく。が、おのずと緊張した。会社の命運がきまる話かもしれない。

「現状の経営規模を維持する計画だ。そのうえで収益の向上と管理体制の強化をはかる。具体的な方策は各部門からあげてもらう。これが第一点」

雄二の反論を許さぬ口振りだった。

「それから、扶和《ふわ》ファイナンスの支援に全力をあげる。その含み損一千億円は、増資をふくめたあらゆる手をつかって償却していく。これが第二点」

うなずいていた永田がつけくわえる。

「大蔵省は扶和ファイナンスを問題視しているから、このポイントは外せません。逆にいうと、ここを押さえておけば、文句は出ない」

「そうだ、その読みが正しいだろう」

今井が同調する。

「で、第三点は？」

と、雄二はきいた。

「ない」

今井は毅然としていた。

「ない？」

「そう。ない」

「すると、それだけ？」

拍子抜けした。

今井の頰の肉が小刻みに震えた。部下に批判されるのを極端に嫌う性格だ。

「そうです、それがすべて」と、永田が引き取った。「でも、これだけでも、たいへんだった」

雄二をみる目に、かすかな怒りと侮蔑の色がある。

「チームのメンバーの意見や、役員の意向をとりまとめると、このふたつに集約されるんですな。ここまで持ってくるのに、どれだけ苦労したことか」

あなたにはわからんだろうと、永田は言外に語っている。

「ということは、大幅な機構改組は？」

雄二はたずねた。

「やらない」

今井は雄二をみようともしない。

「なぜ？」

「いたずらに社員の動揺をまねく。また、必要性もない」

「じゃあ、店舗の統廃合は？」

「おなじだ。やれば顧客が離散し、営業力が低下する」

そんなことは、営業のプロだったのだから、じゅうぶん知っているだろうという顔をした。

「海外からの撤退は？」

「やらん。海外や国内の重要顧客の信頼を失う」

「人員の削減は？」

「当社の社風に合わない。この難局を乗り切るには、社員の一致団結が必要だ」

「それとも何ですか、猪狩さん」永田がまた横から口を出した。「大幅リストラが必要だとでも？　同僚を馘《くび》にするのもやむをえないとお考えですか」

永田の声は低くて聞き取りにくい。しかも掠《かす》れていて耳障りである。雄二は、自分が悪声を嫌っているのを、はじめて意識した。

今井も永田も、何ひとつ変えようとしていないのだ。ただ単に大蔵省を意識する以外は……。

「大蔵省を気にかけるなら」雄二は永田を無視していった。「当社が、顧客どうしの不透明な取引を仲介していると指摘していましたが、それへの回答はどうするんです？」

「いわゆる飛ばしのことか」

今井は、その用語をためらわず使った。永田が少しばかり驚いていた。

「飛ばしなら、顧客がみずからの判断と計算とで処理したときいている――そういう回答になるな、大蔵には」

官僚的な答弁をさせれば、そつのない男だった。それによって部長の地位を得て、かつ取締役に登用されたのだ。馬面の会長よりも、ネズミのような社長の信頼が厚いともっぱらの評判だ。社長のほうが、より官僚的だからだろう。

「まあ、大蔵省が気にしているのは、扶和ファイナンスの一千億円ですから、この事実を認めて償却していくという姿勢をみせれば、そこそこ満足するでしょう」

隣りで今井にへつらう永田の嗄《しゃが》れた声がした。

何のことはない。雄二が個人的に提案したものは、何ひとつとして、受け入れられなかったのである。

雄二は業務改善チームの正規のメンバーではない。だが、事務局のまとめ役の立場にある。それでおりにふれて、今井から意見をもとめられることがあった。

そのさい雄二が提案してきたものは、しごく当然な内容だった。少なくとも雄二はそうおもっている。

まずは不採算部門の整理がある。その最たるものは海外の現地法人だ。多くの資金や人員を投入しているにもかかわらず、慢性的な赤字にくるしんでいる海外からはすべて撤退する。つまり、扶桑は国内に特化した証券会社として、ユニークな地位の確立をめざす。

また、顧客との好関係を維持するため、預かり資産の積みあげを重要視する。手数料収入を得ようとするあまり、顧客に頻繁な株の売り買いをすすめるのは、できるかぎり減らす。

人員も適正規模にする。利益を生み出さない企画や管理の部門も、もちろん縮小する。

ざっとそんな内容で、とくに過激なものではない。内海がきいたら、「えらい穏健な計画とちがいまっか」などと、皮肉をいう程度のものだ。

業務改善チームの正規のメンバーのなかには、雄二とおなじ意見をもつものが複数いたようだ。経理部長の佐藤が「わたしだけじゃありませんよ」と、教えてくれたものだった。だからこそ、こんなプランでも、叩き台のひとつとしてチームの検討対象にくわえられた。

しかし、各方面から痛烈な批判をあびた。

国際部門はその急先鋒で、とくにニューヨークとロンドンからの撤退に反対した。現地法人の社長から、抗議の電話が連日のように舞い込んだばかりではない。本社の内部にも反対する声が少なくなかった。

「海外から撤退すれば、一流証券とはいえない」

プライドの強いエリートほど、そういってこだわりをみせた。

手数料稼ぎよりも顧客の預かり資産をふやそうという主張は、ノルマにあえぐ営業店の支持をあつめた。だが、一方では、非現実的だと槍玉にあげる声もつよかった。

「預かり資産をふやしたからといって、すぐに利益に結びつくわけではない。赤字決算でこまっているときに、収益の柱の手数料収入を軽視するなんて、何を悠長なことをいうのか」

役員や本社の幹部は、みな難色をしめしたようだった。

人員整理について、雄二は漠然と必要性を指摘しただけだったが、人事部から出ている業務改善チームのメンバーが、かなり具体的な私案を出したらしい。

扶桑証券の社員七千人のうち、総合職は三千人だ。その一割、三百人の希望退職を募ってはどうかというのである。しかし、この案も袋叩きにあった。

「希望退職など、到底うちの社風に合わない」

そのような感情的な拒否反応がつよかったが、一見論理的な反論もあった。

「人員構成上、五十歳以上の層が厚いのだから、あと数年すれば、三百人程度の自然減を見込める。それなのに、なぜ希望退職を募って、社員の士気をそぐ必要があるのか」

以上は、雄二がこれまできいていた途中経過である。だが、今井の話によれば、すべてを否定する方向で結論が出たようだ。

ハレーションという独特の用語をつかったのは、鰐淵だった。社内に摩擦を生じさせる言動は避けること——それが扶桑証券社員の行動哲学だと説明したのである。業務改善チームはみごとなまでに、その哲学にそって結論を出した。

小さな会議室からは、ビルの隙間に皇居がみえる。西日は直接にはみえないが、はす向かいのビルのガラス窓に、赤く爛《ただ》れた姿を大きく映している。

——あんな程度の私案ですら、まともに議論されることはなかったのだ。経営幹部や改善チームに、本当の意味での危機意識はない。

ゆっくりと落ちてゆく太陽が、雄二には扶桑証券の姿とダブッてみえた。徐々に、しかし確実に腐食し、堕ちてゆく。

「一千億円の不良資産をかかえた扶和ファイナンスを支援するだけの余力が、まだうちにはあるんですか」

今井にたずねたのだが、答えたのは永田だった。

「失礼ながら、猪狩さんは、ちょっと認識がちがうんじゃないですか」

努めて冷静さを保とうとする、抑揚のない声。嗄れて、きくものを不快にさせる。

「どうちがう？」

「一千億円やそこらの内部留保は、当然ありますよ。猪狩さんはどうもうちの実力を過小評価する傾向がありますね」

「ほう、どこに一千億円があるんだ？」

「ちゃんとバランスシートをみてくださいよ。自己資本の部の数字がいくらか。それに表面には出ない含み益だってある」

今井がいかにも楽しそうに、ふたりのやりとりをながめている。

雄二はこれまで永田と事を構えるのを、つとめて避けようとしてきた。

何せ相手は経営企画部の生え抜きといっていい男であるのに対し、こちらは何かの弾みでこの部に紛れこんできたよそ者だ。それだけでも引け目があるのに、永田は三期下ながらすでに自分を追い越しつつあるのだ。とても勝負にならない。

だが、永田を避けてきたのは、それらが真の原因ではない。だれにも言ったことがないが、雄二は永田に自分自身の一面をみる思いがする。

——利己的な権威主義者。出世願望。小心で臆病。強い執着心と嫉妬心。

雄二はそういう性格や資質がきらいで、なるべく克服しようとしている。それがしょせん無理だとすれば、せめて隠そうとしている。

しかし、永田はそうではない。自分とはそういうものだと決めてかかっているのかどうか、それらを克服しようとも隠そうともしない。

——それで何が悪い？　サラリーマンなんて、みなそんなものだ。

そう開き直っているようにみえる。

——議論をすれば、かならず衝突する。

と、雄二はおもう。それも、自分に似た男との、うんざりするような激突だ。よって、雄二は永田を避けてきた。

しかし、人を小馬鹿にしたような永田の物言いと、いかにも楽しそうに見物している今井とに、無性に腹がたった。

「バランスシートくらいは読んでるさ」

そう反論して、やめればよかった。

——ほう、そうかい。

永田がそんな顔をしたのが引っかかった。会長が馬で社長がネズミなら、永田は猿だった。猿が人間を嘲笑したのだ。

「そのバランスシートが、粉飾したものでなければ幸いだがな」

永田が一瞬戸惑った。それから怯《おび》えた目で今井をみた。愉快そうだった今井の顔が、急にこわばった。頬の肉がぴりぴりと震えた。

取締役経営企画部長に対し、粉飾決算の疑いを指摘したのだった。

——虎の尾を踏んだか。

後悔し、鰐淵や佐藤の助言をおもいだしたが、あとの祭りであった。

「……会社が粉飾決算をしているというのか」

今井は、もともと温厚な男ではない。他人をおもいやる神経、というよりも、その種の余裕など、持ち合わせていなかった。他人への無関心——それが今井の人格の核にある、と雄二はみていた。いまどきのエリートに共通する性癖だ。

しかし、過度に攻撃的な性格ではなかった。それがまなじりを決して雄二をにらむのである。だが、獲物をまえにした猛獣のように、息をとめて闘志をみせているのではない。むしろ逆だ。追いつめられた動物が、やむなく反撃に転じたのだ。気弱な心が垣間みえるようだった。

もっとも気にしていた粉飾決算という言葉が、今井の心を深く傷つけたにちがいない。

雄二は下腹に力をこめた。正念場である。

経営批判はそれが的を射ていればいるほど報復は厳しい。組織の鉄則だ。

「本当にうちの会社に扶和ファイナンスに一千億円の支援をする余力がありますか。それが気がかりですね」

「だから」と横で永田も繰り返した。「それくらいの蓄積はあると、さっきからいってるだろうが」

ぞんざいな言い方に変わっている。これまでは雄二に対し、いちおう敬語を使っていた。それが態度を急変させた。気に障った。

「粉飾決算は犯罪だぞ。知っているのか」

「何が粉飾決算ですか」

「だから、どこに一千億円の余裕があるのかと、さっきからきいているんだ」

「含み益がある。何十遍いえばいいんだ」

「じゃあきく。含み損はないのか」

永田がはっとして今井の顔をみた。今井は目を伏せる。

「顧客が飛ばしを自分の計算で処理したというのは真実なのか」

「…………」

「もしそうでないなら、虚偽の報告を大蔵省に上げることになる」

雄二は畳みかけた。永田の顔が、みるみるうちに朱に染まる。

「飛ばしは顧客が処理した」

今井が反撃してきた。

「少なくとも、われわれはそうきいている。事業法人の責任者からな。それとも何か……」今井が引きつったような笑みを浮かべた。「きみは事業法人のだれかから、そうではないと教えられたのか」

今井は個人名をあげないが、暗に鰐淵のことを指している。雄二の人脈などすべて調べはついているぞ、といわんばかりの口調だった。

雄二は鰐淵から聴取した内容を今井にぶちまけたい誘惑にかられた。

その事実を突きつければ、今井や永田はどう反応するだろうか。狼狽し、言葉を失うにちがいない。その様子をみれば、隠微な快感を味わうことができる。

だが、この手を使えば、確実に鰐淵を窮地に追い込むことになる。鰐淵は内部告発者の烙印を押され、失脚する。あるいは会社を追われるかもしれない。

——それでも構わないのではないか。

という悪魔の囁きがきこえた。

いま瀬戸際にある会社を救うためなら、鰐淵一個人を犠牲にするのもやむを得ないのではないか。それに鰐淵にだけ迷惑をかけるのではない。

おれだって、もちろん無事ではすまない。会社の幹部社員である以上、組織を守るためならば闘わねばならないときがある。それは甘受すべき運命なのではあるまいか。

「どうした？　だれから情報を得ているのだ？」

今井は勝ち誇ったように繰り返した。

「……いや、だれひとりとして教えてくれませんよ」

かろうじて踏みとどまる。

鰐淵との信義を重んじたせいなのか、あるいはまた自分の気の弱さのせいなのか、よくわからない。ただ勢いが萎《な》えている。

「じゃあ、推測か」

横で永田が嘲笑した。

「だれもが口を閉ざしているよ。ただ、みな薄々気づいている。会社は飛ばしで、とてつもない含み損をかかえているのではないか、と。飛ばしの総額は、ひょっとすると何千億円にもなるかもしれない、などという噂だって流れている」

そこまでいうのが限界だった。迫力のないことおびただしい。

「われわれは憶測で計画をまとめたり、報告をあげたりするわけにはいかないんだ」

今井は背筋を伸ばした。身長の差で、高みから見下ろされる格好である。

「なあ、猪狩くん。わたしだって、含み損がまったくないなんておもってはいないさ」諭すような低い声でいった。「そりゃあ、事業法人部門がいくらか隠していることは、わたしだって察している。だがな、かれらは公式の報告では、その存在を否定した。なぜだと思う？」

「かれらだって、会社を守ろうと考えているんだ。とすればチームのメンバーだって、それを尊重しないわけにはいかない。われわれは評論家でも検察官でもない。経営幹部なのだから、会社を守るのが最優先の責任だ」

「さあ……」

わかったか、という顔をした。

雄二の考える責任と、今井の主張する責任。それが真っ向からぶつかりあった。

——「飛ばし」についての公式の質問状を、経営企画部長名で出し、問題の全貌を明らかにする。その上で、全社的な処理の方針を決める。

それが雄二が密かに抱いていたプランだった。

「それはむりだろう。実現できない」と、鰐淵は予言した。

そのとおりだった。いや、それどころではない。今井は、公式的には含み損の存在を否定し、もう一方では隠蔽《いんぺい》を容認している。

責任についての考え方が相対立する場合、どちらを優先するか。

いうまでもなく、役職の上位者の考える責任だ。それが組織というものである。

——引き下がるか。

雄二は自問した。このまま議論をつづけたとて得るものは何もない。だいいち業務改善チームの結論は出ているのだ。今井のことだ、役員たちの同意もすでに取りつけている。

意見を述べても封殺されるだけだ。闘いは孤独なものになり、社内の立場もおかしくなるだろう。しかし、それでも議論をやめなかったのは、果たして責任感ゆえだったか。あるいは、

——虎の尾を踏んだ以上、どうせもう手遅れだ。

という開き直りの気持ちだったか。雄二にも、しかとはわからない。

「扶和ファクターという会社を、ご存じでしょう？　問題の扶和ファイナンスではありませんよ」

雄二は、抜き差しならない深い淵に、自分自身を投げ入れた。

小さな会議室の空気が凝縮した。

顕著な反応を示したのは、今井よりも永田のほうだった。机の上に置いた指が震え、それが腕や肩に伝わっていく。恐怖で顔が引きつる。

「……知っているさ、もちろん」今井がふて腐れたようにいった。「だが、きみはだれから、その名をきいた？」

探るような目付きだった。経理部長の佐藤から、とはいえない。

「さっき永田くんはバランスシートをみろといいましたね。それを読めば扶和ファクターとのあいだに多額の取引があることくらいわかりますよ」

辛うじてかわした。

陰険な目が、本当にそうか、と値踏みしている。

「で、その扶和ファクターがどうした？」

「取引の内容は何ですか。それから、この会社の実態は？」

「株の取引でもあるんだろうな。何かおかしいか」

「数百億円単位の取引ですが、通常の商取引ですか」

「そうだろうな、当然」

睨み合った。

——踏み込むべきか。「飛ばし」の株の受け皿としてつくられた、ペーパーカンパニーではないかと追及するか。

雄二は、また迷った。

今井はどこまで知っているのか。「飛ばし」の操作を一手に引き受けているのは、たぶん永田だ。速水会長か、あるいは細井社長の特命を受けて……。今井自身はどこまで関与しているのだろう？

突然、今井は永田の操作をみてみぬふりをしているのではないか、という疑惑がめばえた。

そうだ、その可能性が強いかもしれない。すべてを知ることが得とはかぎらない。保身のためなら、手を汚す作業から距離を置くほうが得というものだ。そして今井は、損得でものごとを考える賢明な男である。

雄二は質問の矛先を永田に向けた。

「扶和ファクターってのは、どんな会社だ？」

永田は体を固くした。今井が眼光鋭く永田を観察する。こめかみがピクピクと動く。

――今井は詳細を知らない。

雄二は直感した。

永田は永田で、上層部から受けた特命業務の内容を今井にくわしく報告していない。そのほうが自分ひとりの手柄になると計算して……。永田もまた、損得で判断する賢明な男だ。

今井や永田は、互いに信頼関係を装いつつも、自己の損得を何よりも優先させる。

想像は当たっているだろう、と雄二は思った。

「……猪狩さんとおなじくらいしか、扶和ファクターのことは知りませんよ」

自分でもうまい台詞《せりふ》だと思ったのか、永田は無理に笑みをつくろうとした。だが、顔がこわばっていて、にこやかな微笑とはほど遠い。

「どういう役割の会社なんだ」

「なぜ、わたしにきくんです？」

「扶和という名がつくからには、うちの関係会社だろう？　そしてきみは、関係会社管理委員会のメンバーじゃないか」

「………」

急所を衝いたようだった。理屈っぽい性格だから理詰めで攻められると弱く、しらを切ることができないのである。弱々しい目で今井をみた。

今井は助け船を出さない。ひとりで切り抜けろと、じっと凝視するだけだ。

「委員会のメンバーといったって、義理で出ている程度ですよ」

「冗談じゃない。その委員会を牛耳っているのはきみだと、もっぱらの評判だ。それはそうだろう、きみほど几帳面に仕事をこなす社員はいないからな」それから皮肉もつけくわえた。「早出残業はおろか、休日出勤もいとわないんだからな」

永田は、また身震いした。

その時間帯に、特命の「飛ばし」の操作をしているはずなのである。この推測は、たぶん当たっている。瞳が右に左に微動する。どのように答えればいいか、迷っていた。雄二がどこまで知っているか、読めないでいる。

「……扶和ファクターというからには、ファクタリングかなにか、ある種の金融をやっている会社でしょうよ」

今井をまねたのか、ふて腐れた。

「どんな金融だ？」

口を開こうとして、また噤《つぐ》む。額に汗がにじんでいる。

何かをいおうとしたとき、今井が介入してきた。

「扶和ファクターの所管部門はどこなんだ」

永田が、はっとわれに返った。

「事業法人部門ですが……」

「じゃあ、猪狩くん、そっちに照会してみたほうが正確な情報がとれるな。永田くんは残念ながら、きみの役に立ちそうもない」

今井はいやに冷たい目で雄二と永田とを等分にみた。

――もう一歩だった。

雄二は悔やんだ。

永田がどこまで自白したかはわからないが、糸口くらいはつかめたかもしれない。

だが、練達の上司によって、巧妙にはばまれたのである。

永田はひとつ、今井に借りができた。しかも点数を下げた。もちろん、雄二には、どうでもいいことである。


「猪狩くんは、なぜそんなに扶和ファクターにこだわるのかな」

今井は余裕を装った。

粉飾決算や、「飛ばし」による含み損、そして扶和ファクター。雄二が持ち出した質問を、ことごとくかわしていることからくる自信だった。

「数百億円単位の、不自然といえるほどの取引があるからですね」

今井はあるかなきかの笑みを浮かべた。

「なぜ不自然だとおもう?」

言葉尻をとらえてきた。

「異常に大きい取引は、不自然じゃありませんか」

「どうして異常といい切れる？」

今井はするりと攻勢に転じていた。

社長候補に擬せられるほどの社内きっての官僚が、議論を形式的で不毛な問答に切り替えたのである。このやりかたではとうてい太刀打ちできない。

――扶和ファクターは、飛ばしの受け皿会社ではないか。そして、このようなペーパーカンパニーは、もっともっとあるだろう。海外のバハマの会社はどうなんだ？　そのように吹っかければ、議論はこちらに有利に進展するかもしれない。だが、きっと、なぜ受け皿会社とおもうのか、と切り返される。その情報はどこから仕入れたかと、詰問される。

経理部長の佐藤の推測だとは、口が裂けてもいえない。同期の鰐淵なら、あるいは巻き込むのもやむを得ないかもしれない。だが、かつて名古屋でおなじ釜の飯を食った佐藤に、迷惑はかけられない。後輩に対する意地のようなものかもしれなかった。

「猪狩くんは、どうもうちの決算について、大きな不信感をもっているようだな」

沈黙している雄二をみて、今井は論破することに成功したと判断したようだった。すかさず二の矢を放ってきた。

「本気で粉飾決算だと疑っているのか」

「本当に一千億円の余力があるかどうか、それを確かめたかったのですよ。わたしは専門家じゃないから、粉飾かどうかなど、わかりませんね」

「そりゃそうだ」今井は微笑した。「だが、わたしだって専門家じゃない。きみ同様わからないさ。そう、永田くんだってわからない」

永田はズボンのポケットから、皺になり汚れたハンカチを取り出して汗を拭《ぬぐ》った。そして何度も激しくうなずいた。

「決算についての専門家といえば、この会社ではだれなのかな」

あっさりした物言いだが、またもや言葉尻をしっかりとらえて放さない。ディベートにおける今井の得意技だ。雄二は本能的にたじろいだ。

「もういいでしょう。その話は……」

「そうかな。粉飾についてきみが疑惑をいだいている以上、そう簡単に片づけるわけにいかないんじゃないか」

いわんとしている意味に気づき、雄二は恐れを感じ出していた。

鰐淵と同期であることは、調べればすぐわかる。しかし、経理部長の佐藤と名古屋でともに働いたのは、そう長い期間ではない。まして雄二も佐藤も、自分の人間関係を吹聴するタイプではない。よほど調べなければ、つながりはわからないはずだ。今井は念入りに雄二の身辺を洗っていたのではないか。

——猪狩はんは、西条専務が経営企画部に打ち込んだくさびやとみられてまっせ。

意外な指摘をしたのは内海だったが、かれが思うくらいなら、今井もまたそう認識しても不思議はない。

まことにバカバカしい社内ゲームだ。だが、だれでも参加できる、そして参加せざるをえないゲームだ。今井は有能なプレーヤーである。決して手を抜かない。

「わたしは佐藤経理部長がこの分野の専門家だと思うが、猪狩くんの意見はどうだ？」

果たして今井は佐藤の名をあげた。尾を踏まれた虎が、逆襲に転じたのだ。

「かれが決算をまとめているのはたしかでしょうが、各部門からあがってくる数字を基礎にしているのであって……」

「ほう、いやに弁護するじゃないか」酷薄な笑みを浮かべた。「永田くんを追及するのとは、いやに対照的だな。いささかバランスを欠くようにみえる。きみらしくもない」

「しかし、経理の実務の流れはそうでしょう」

「それで会社や世間に通用するか。粉飾決算が犯罪だというなら、どうだろう、佐藤部長がいちばんの被疑者じゃないか」

恫喝だった。

佐藤との関係はつかんでいるぞ、と告げていた。もし手を引かなければ、血を流すのはそっちだぞ、と脅迫していた。佐藤の穏やかな顔が、目に浮かんだ。

「ともかくも」と今井は宣言した。「業務改善計画の結論は出たんだ。蒸し返しはよそうじゃないか」

永田が、声を出さずに嘲笑した。

完敗だったのである。

3

今井や永田とやりあって以来、雄二は会社で一層の居心地の悪さを感じるようになった。永田がどう触れ回ったかしらないが、経営企画部の同僚たちが話しかけてくる回数も、必要最小限のものに減った。

昼食は誰も誘ってこず、ひとりで出かけるのが常となる。ちかくのビル街の店に入るのは何となく気が重くて、日比谷や有楽町あたりまで足を運んだ。そして、麺類や丼物などをカウンターのある店で掻《か》き込む。

余った時間はもっぱら書店めぐりでつぶした。若いころ、ちょっぴり齧《かじ》ったことのある俳句の本を手に取っていたりして、自分でも驚く。

夜も、もちろんお呼びはかからない。内海にでも声をかけようかと思うが、話題が業務改善計画などの深刻なものになるのは明らかだ。よもや非難されることはないだろうが、無力な姿をさらけだすのは気がひける。

さっさと仕事をかたづけて、七時前には退社する。ひとりで酒をのむ習慣はないから、まっすぐ家に帰る。

「どうしたの？　めったに家では食べなかったのに」

何日もつづく夕食の支度に、康子は戸惑いを隠さない。

「それに晩酌もしないし……。からだでも悪いの？」

仕事が暇になったんだ、というと、

「干されたの？」

と、容赦ない。

慰めてほしいわけではないが、中年女の露骨さに嫌悪を感じる。日本の女の多くは、慎み深さとかおもいやりを喪失して、ずいぶんと久しい。

書斎にあがり、株式公開の関係の本を読み、これまで手がけてきた案件の資料をもとに、メモをつくったりする。飽きれば買ってきた久保田万太郎の句集を開く。単なる写生風の花鳥風月を詠《うた》ったものはちっともおもしろくないが、どういうわけか万太郎には心惹かれるものがある。

秋風にふくみてあまき葡萄かな

こんな句を目にすると、たったいままで、葡萄をつまんでいたような気分になるから妙だ。

秋かぜの入るにまかせむ窓あけよ

書斎の窓を開けると、手賀沼を渡る風はまだ熱気を帯びているが、胸のなかにまで秋風が吹き込んでくる思いがして、会社であったことなど、まるで別世界のできごとのように感じられてくる。

——どこかの句会に入れてもらって、俳句の勉強をしてみようか。

そんなおもいにとらわれる。入社以来、はじめての心境の変化であった。

会社ではまるで居ながらにして隔離されたような状態がつづいたが、まったく例外がないわけでもない。

男性社員たちが日増しに雄二をうとむ度合いを強めていくなかにあって、中井佐知子という総合職の女性だけは態度を変えなかった。

とはいっても、評判のいい女性ではない。

細面の、きりっとした容貌で、スタイルだって悪くないが、

——性格がきつく、可愛くない。

というのが、男たちの評判だった。たしかに眼鏡の奥の目は物怖《お》じするということがなく、今井や永田に対しても愛嬌を振りまかなかった。それどころか自分の意見は臆せずに主張した。

——過去に男で失敗しているからああなったんだ。三十代後半のキャリアウーマンは扱いにくいな。

若い男たちは持て余して、そう陰口を叩いた。

——つきあいが悪いのよねえ。協調性のない性格なのよ。

女性たちは、そういって敬遠した。

中井は長時間の残業をしなかった。それでも露骨に注意を受けなかったのは、仕事ができたからだ。ことによると事務処理能力は、部のだれよりも優れている。

いつにも増して仕事が早くかたづき、定刻に帰ろうとしていた雄二に中井が声をか

けてきた。

「猪狩さん、予定はあるんですか」

ぶっきらぼうな口調だった。

「急ぎの仕事でなかったら、明日にして」

そう答えると、中井はかすかに笑い、雄二は意味を取りちがえているのに気づいた。

「いや、べつに……」

といい直した。

「じゃあ、いっしょに出ましょう」

仕事をしている同僚たちで、ふたりに注意を払うものはだれもいなかった。

ここ数日、日中はまだ暑いが、夜はシャツだけでは心もとなくなっている。

中井は白のシャツに、ライトグレーのジャケットとひざ上丈のスカート姿だった。お仕着せのグリーンの制服のときとは違って、色気さえ感じさせた。そして何よりも、メタルフレームの眼鏡をはずすと、ふだんの険しさが消えて、けっこう可愛らしい。

背丈は雄二とさほど変わらない。そして足早である。

「時間、ありますか」

銀座のほうに向かいながらきいてくる。

「明日の朝まで空いているよ」

そんな軽薄な台詞が口をついて出たのは、この数日、会社ではろくに話をしていないせいかもしれなかった。

中井は、声を出さずに愉快そうに笑った。意外にも、屈託のない笑顔だった。

――そういえば、彼女の笑顔をみたのは、今日がはじめてかもしれない。

と、気づいた。


「映画、お好きですか」

あるきながら、中井は短い言葉を投げてきた。

「好きだよ。昔はよくみてたね」

「どんなのを？」

「そうだな、人が死ぬ映画が多いね」

「戦争映画？」

「いや、刑事、保安官、マフィア、暴力団の出てくるやつ」

「どうして男性って人殺しの映画が好きなんですか？」

「そりゃあ、現実社会に殺したい奴がいっぱいいるからじゃないか」

「猪狩さんも？」

「もちろん」

山手線のガード下をくぐった。狭い通路にもうもうと煙がたちこめ、両側にテラス風というには安っぽい焼鳥屋がならんでいる。満席の店もあれば、そうでないのもあった。

「その右手の店、けっこう旨いんだよ。とくにカシラとかハツとか」

「こんなところにも来るんですか」

「うん。公開引受部にいた時代だけどね」

「内海さんとか？」

「知っているの？」

中井は照れたような表情を浮かべた。

「じつはアナリストの資格をとる勉強をしていて、実務面でわからないことがあると教えてもらっていたんですよ」

まじまじと中井のほっそりした横顔をみた。投資家のために、企業の投資価値を分析するのがアナリストで、近年注目されてきている職種だ。

「きみ、アナリスト？」

「そうなんです。もっとも猪狩さんには及びもつきませんけどね」

「おれのことを知っているんだ」

「そりゃそうですよ。当社きってのアナリストですもの。内海さんと話していて、猪狩さんの名前が出ないことはなかったんですよ」

このところ冷遇されっぱなしなだけに、悪い気はしなかった。

「何でまたアナリストに？」

「さあ、なぜでしょうね」

数寄屋橋の手前のビルのまえで、中井は立ち止まった。

「映画、つきあってください」

「どんな映画？」

「きっと気に入りますよ」

今度は悪戯《いたずら》っぽい顔をした。


刑務所を舞台にした映画だった。

よくある残酷なものとちがって、妻殺しの無実の罪を着せられた主人公が脱獄に成功し、友情と金、そして何よりも自由を得る物語だった。俳優もいいが、原作と脚本の力を感じさせられた。

映画が終わると、中井から近くのイタリアンレストランに誘われた。

二階の窓際の席からは、赤や青のネオンの光を浴びた人影が、数寄屋橋交差点を渡っていくのがみえる。まるで映画の一シーンのようだった。

雄二は数日来の鬱屈が、すっかり取り払われているのを感じた。

「とてもおもしろかったよ。ありがとう」

と感謝すると、どんなところが？　とたずねられた。

「そうだな、独房の壁に貼った、美人女優のポスターの裏のからくりには、意表を衝かれたな」

「トリックが好きなんですね、人殺しだけじゃなく」

「あ、そういや、そうだ」

中井はすらりと首が長く、ネックレスをすれば映えるだろうと感じさせられた。だが、それだけではなく、イヤリングやブローチも身につけていない。それを好ましいと思い、そういえばブランド物で身を飾る女性とは、これまで親しくつきあったことがなかったと、変な感慨にとらわれた。

だれかに雰囲気が似ていた。しばらくして、黒豹の会社の総務にいた、浅野という女性だと気づいた。

——あの子も気が強く、太っ腹の住吉常務でさえ苦手だった。

と、おもいだした。

それが、しょぼくれた中年男の丸田には、めっぽう優しかった。タバコを買いにいったり、コーヒーを淹《い》れたりと、かいがいしく世話を焼いていた。丸田の並外れた能力を尊敬していたのだが、有能な男に惹かれる女を、はじめて目の当たりにしたのだった。

——おれも、丸田のように扱われているのか。

そうおもうと、苦いものがこみあげてきた。今井に完敗した先日の記憶がよみがえる。お世辞にも、有能とはいえない。

「でも、トリックだけが、おもしろかったのではないでしょう?」

中井は前菜をつつきながら、赤ワインをのんだ。いける口らしい。

「爽快感があったな、あの映画には」

「そうでしょう」と中井は力をこめた。「自由を渇望する人間が、それを手に入れるために、着々と準備して実行するところがいいですよね。男はああでなくちゃあ」

「いやあ、きついな。反省させられる」

中井は喉を震わせて笑った。小鳥の鳴き声を思わせる声で、胸に染み入ってきた。

注文は中井にまかせた。手打ちパスタのリングイネが名物とかで、イカスミを練り込んだものを頼んだ。炭火で焼くスズキと小羊も注文した。

全部、半分ずつにしましょう、と中井はいった。

「雰囲気のいい店だな。見晴らしもいいけど、コックやウェイターがきびきびしている。中井さん、よく来るの？」

「そう、月に二回くらいかしらね」

「かれと？」

「ほとんどひとりね」

「ひとりで食事するのって、いやじゃないか」

昼食どきの味気なさをおもいだす。

「男性って、群れて食べないとだめみたいですね」

「そうかな。むしろ女性のほうが、群れたがるんじゃないか」

「かつてはそうだったかもしれない。でも、いまどきはちがってきてるんじゃないかしら」

いわれてみれば、ひとりで昼食に出かけるようになってから、同類の女性をずいぶんとみかけた。喫茶店にも、ひとりで文庫本をよんだり、書類に目を走らせている女性の姿があった。中井のような三十代が多かったかもしれない。

「わたしは平気なんですよ、慣れているから……。ほら、店の中央にカウンターがあるでしょう。あそこだとひとりでも落ち着くんですよ。話の合わない人といるより、よっぽどいいわ」

おかしそうに、笑ってつけくわえた。

「そして、わたしと話の合う人って、めったにいないんですよ。とくに会社のなかにはね」

リングイネが来て、中井は約束通り取り分けた。歯応えがほどよいパスタだった。

「そうか。あの映画の主人公のような男ならいいんだな。でも言葉にすると、どういうタイプになるの？」

「そりゃあ、もちろん」とまた力を入れた。「仕事に燃える男ですよ」

「それなら、会社にいっぱいいるじゃないか」

中井は、水をのむようにワインをのんだ。

「本当にそうおもわれます？　仕事をやっているようにみえても、出世や保身のために汲々《きゆうきゆう》としている男性は、わたしのカテゴリーには入らないんです。そうそう、氷のような頭脳と、炎のようなハートをもった人がいいわ」

リングイネを吐き出しそうになった。

「基準が厳しすぎるね。そういうの、あまりいない」

「そうかしら。そうもおもわないけど……」

掬《すく》いあげるような目の色が変わっていて、雄二を少しどぎまぎさせた。

「その厳しい基準に合格した幸運な男性ってだれ？」

その質問に中井は恥ずかしげな素振りをした。会社では絶対にみせないしぐさだった。

ワインをたっぷり注いでやる。

「この際、白状したら？」

「じゃあ、清水の舞台から飛び下りるつもりで……」

そんな、おおげさな話ではないだろうにとおもったが、きいて仰天した。

「たとえば、内海さんですね」

「…………」

「びっくりしました？　そうですよね」

気を鎮めるためにワインをのむのは、雄二のほうだった。

「わたし、関西人はダメだと思っていたんです。とくにあの方言、耳になじまなくって……」

「東京の人は、よくそういうね」

「でも、アナリストの勉強を教えられているうちに、苦にならなくなったんですよね」

「そして、かれの良さを発見したってわけか」

「そう、氷のような頭脳と、炎のようなハートの持ち主ですわ、あのかた」

ふたたび仰天した。だが、かつての部下をおとしめることはない。

「なるほど、的確な評価だな」

「本当に、そうおもわれます？」

「おもうね」

小太りでエネルギッシュな内海は、ハートのみならず頭脳のほうも熱くなりがちであったし、出世欲というか、上昇志向もけっして弱くない。

だが、中井の目にみえる姿はまた別物なのだろう。それにしても内海と中井。夢想だにしない組み合わせだった。

「よかったわ、猪狩さんにそういってもらえて。でも、内海さん、わたしに興味がないみたい」

「どういう意味？」

「その、つまり女性として……。わたしって、そうでしょうか」

「めっそうもない」

「でも、顔だって十人並みでしょう。胸はないし、痩せすぎだし、セックスアピールに欠けているんでしょうか」

言葉は露骨で、目つきはいやに真剣だ。対応の仕方がわからない。

「いやいや、理知的な顔だちだし、スタイルだっていいじゃないか」

「本当に？」

「もちろん」

中井は、うまそうにワインをのんだ。やはり、水をのむように……。

「でも、それならどうして積極的に誘ってくださらないのかしら？」

内海は若い娘が好きなのだ、とはいえなかった。

口ごもる雄二を、中井はおもしろそうにみていた。

「わたしがなぜアナリストの資格をとったか、教えましょうか」

中井は突然、話題を変えた。右に進んでいた舟が、いきなり左に進み出したようで、雄二は戸惑ってしまう。

中井は会社でもそうで、堂々めぐりの議論を果てしなくつづけるのに慣れ親しんでいる社員は、中井の意表を衝く発言にあうと、面食らい苛立つのだ。

「ああ、興味あるところだな」

しかたなく雄二はついてゆく。内海の話題は、はるかに遠い波間に取り残された。

「自由が欲しいからなんです。自立したい、といってもいいかもしれない。あの映画の主人公のように」

「そうかな。ずいぶん自由にやっているようにみえるし、じゅうぶんに自立してるんじゃないの」

微量の皮肉をこめた。

「とんでもない。ちょっと人とちがったことや、何か新しいことをやろうとすれば、ぜんぶ封じ込められるじゃないですか、この会社は……」

眼鏡こそ外しているものの、会社にいるときの鋭さが出た。

「よく仲間の連帯感の強い会社だといわれますけどね、言葉を換えれば、事なかれ主義なんですよね。わたしにとっては、刑務所のようなところなんです。だから、脱獄しても生きていけるようにと、勉強してたんですよ」

「おれは会社で好きにやらせてもらっていたけどな」

「それは公開引受部の時代の話でしょう?」

この容赦のないところも、中井の評判を悪くする。しかもプライドの強い男ほど傷つくのだ。

雄二は黙ってワインをのんだ。中井ののみ方が伝染して、まるで水をのむように……。

「会社は、猪狩さんほどの人にとっても、住み良い場所ではなくなったんじゃありませんか」

「はっきりいってくれるじゃないか」

「よけいなことですけど、ご自分の会社での立場がどうなっているか、ご存じですか」

中井の目が、一層きつくなった。

「悪化の一途をたどっていることだろうな。バブル崩壊以来の株価のように」

「永田さんの工作については？」

「知らない」

「部のみんなに囁《ささや》いていますよ。それでだれもが近寄らなくなった」

会社の方針に反抗した以上、猪狩さんはちかぢか追放される、と。

映画の余韻と、意外な恋愛話の愉快さなぞ、どこかに吹き飛んでいた。

——永田なら、それくらいのことはやるだろう。

会社の秩序を乱した者は排斥する。それがこの会社の社風だ。いや、ほとんどすべての組織の法則だろう。ただ永田は、徹底的に、情け容赦なく、邪魔者を排除する。陰険で、しかも有能な男だ。

「きみの忠告は、会社で孤立して追放されないように注意しろ——ということではなさそうだな」

雄二は真正面から中井の顔をみた。

「そう申し上げたら、言動を慎みますか」

澄んだ目をしている女だ、と気づいた。

「そうしろ、といってくれる人もいるな」

「お友だちですね。でも、ちがう人もいるでしょう？」

「きわめて少数派だな」

内海くらいのものだ。

「で、謹慎しますか」

「正直なところ、もとの平隠な暮らしに戻りたいという誘惑にかられるな。できれば公開引受部に帰って、仕事にだけ熱中していればいい生活にね。おれは、もともと小心で穏健で従順なサラリーマンなんだ。どうして、こんなことになってしまったのかな……。自分でもよくわからない」

「ずいぶん率直なんですね」

「いつの間にか変な舞台の上に立たされていて、柄にもない役を押しつけられていた、って感じだな」

「ますます率直ですね」

「そうなんだ、単純で率直。複雑な演技なんか、できやしない」

「お気の毒」

中井はリングイネを頬ばった。同情している気配は少しもない。

「単純で、率直。小心で、それから、ええと何でしたっけ？」

「穏健で従順」

「そういう人に、どうしてそんな役が回ってきたのかしら」

「ずいぶん自問自答したから、何となくわかってきたことがあるんだ」

「教えてください」

「役者がいなくなったんだ」

なるほど、と中井はうなずいた。

「みんな演技をやめて、観客になってしまったのね」

「だから、おれのような大根役者にも、アカデミー賞クラスの演技が求められている。いや、ちがうな、だれも求めちゃいないか」

「そうでもないでしょう。少しはいますよ。でも、観客のあまりの少なさに、舞台を降りたいってわけですか」

「観客の数は関係ないだろうな。そもそも人気俳優じゃないんだから」

スズキと小羊の炭火焼きが二皿、運ばれてきた。中井が半分ずつ切り分けた。まるで愛人のようだな、と雄二はおもった。

「しかし、映画をみて、そのあとで食事をするときの話題にはふさわしくないな」

皿を受け取って雄二はいった。

「そういえば、そうですね。食欲がなくなりますか」

「とんでもない。猛烈に腹が減ってきたね」

「おもしろい神経ですね」

「そう、不幸なときほど食欲が増すんだ」

「逆境に強いんじゃありませんか」

「きみほどじゃあないさ」

小羊は柔らかくて、くせのない肉だった。ワインがよく合う。

中井も一口食べるなり、うっとりした顔になった。薄い唇が艶《なまめ》かしく動く。話など、すっかり忘れている。

「女性はいつだって食事のときは幸せそうだな」

「男性はちがうんですか」

「いつもおもうんだけど、女のほうが、男の十倍は味覚が鋭いんじゃないかな。味覚にかぎらないかもしれないけど」

「知りません。男になったことないから」

小羊もスズキも、十五分ほどでかたづいた。二本目のワインは半分になっている。

中井が憎らしいくらい旨そうに、バージニアスリムを吸った。満ち足りて、けだるそうな女の顔になっている。険しさは影をひそめていた。

銀座のネオンが一段と輝きを増したように感じられた。ネオンは酔っているときにみるにかぎる。

「内海の話はどうなったんだっけ？」

やはり窓の外をみていた中井が、視線を宙にさまよわせた。

「内海だよ、内海。おれに愛のキューピッドの役をやれっていうんじゃなかったの、きょうの目的は」

中井は、何ともおかしそうな顔をした。

「その役なら、やれるんですか」

「はまり役とは、いえそうもないな。きっと、しくじる」

「わたしも、そうおもいますわ。そんなことより……」

「そんなこと？」

「ええ、そんなことより、会社の舞台のほうはどうするんですか。降りるんですか」

中井から、一本タバコをもらいたくなった。その誘惑を断ち切るためワインをのむ。いくらでも入りそうだ。禁煙は健康に悪い。

「ねえ、どうされるんですか」

「強い酒をのみにいかないか」

「あら」と中井が目を輝かせた。「はじめて誘ってくださったのね」

数寄屋橋交差点でも空車はたくさん流れていて、タクシーはすぐに拾えた。

「景気はどう?」

運転手にたずねる。エコノミストの分析よりたしかだと思うから、タクシーに乗るとよく質問する。

「さっぱしだねえ。売上、ひところの半分もないね」

「いくらか上向きになってない?」

「ダメ、ダメ。むしろ下がっているよ。それに、四、五年前は千円、二千円のチップはざらで、日に一万円はあったものだよ。わたしなんか小遣、いらなかったもんね。それが、いまどきは、チップをくれるお客なんか、いやしない」

「すまないな」

「べつに……。ねえ、お客さん、もう一度、バブルが来ないかなあ」

「うちの社員も、毎朝そう祈っているよ」

「どんな会社かね」

「証券会社」

一瞬息をのみ、それからハハハと初老の運転手は笑っていった。

「そりゃ、そうだろうな。気持ち、わかるよ」

「そうかな。あまり同情してくれてないみたいだ」

「まあね。理由をききたいかね」

「いや、けっこう。きかなくてもわかるさ」

運転手はまえより大きな声で笑った。

「お客さん、正直な人のようだね」

あら、と中井が口をはさんだ。

「また、ひとつ、増えたわ。単純で、従順で……」

「なんだね、そりゃあ」

「ふたりの秘密よ」

「恋人どうしの、かい？」

「そうよ」

中井がふざけて、からだを寄せてきた。おもいのほか量感があった。

「うれしいけど、おれには妻子があるんだ」と、押し戻す。

運転手も中井も笑った。

「お客さん、やっぱり正直だ」

「小心で、穏健」と、窓の外に目をやって、中井がつぶやく。

銀座の外れの、黒豹のバーに着いた。

「あら、猪狩さん、隅に置けないわねえ」ママが雄二をにらむふりをした。「こんなに、きりっとした美人と……」

店は混んでいない。いつもの奥のテーブル席に通された。残念ながら、黒豹の姿はなかった。


「おなじ会社のかた？」

女どうしの親しみをこめて、ママがたずねた。

「はい、中井といいます。おなじ部で働いてます」

「キャリア？」

「できそこないですけどね」

「とんでもない」と雄二はいった。「お世辞抜きで、部のだれよりも優秀だよ」

「みればわかるわよ。賢そうだもの。それに、ジャケットを着こなすのに、慣れているみたいだし。……ねえ、その白のシャツ、胸元のハンドクラフト、可愛いわね」

「そう？　ちょっと若いんじゃないかしら」

「とんでもない。清楚な感じを引き立てているわ」

「ママのシマウマプリントのプルオーバーも素敵。黒のロングスカートにも合うし」

「こっちこそ若いわよね」

「ううん、そんなことない。ストレッチジャージーを通して、しなやかさが出ているわ。色っぽいし、素敵ですよ」

「あなた、そのジャケット、取ってみせて」

中井はちらりと雄二をみて、照れたような仕草で上着を脱いだ。二の腕まであらわになっているシャツだった。

「うん、タンクトップなのね、やっぱり。……あら、白くて肌理《きめ》こまかい肌ねえ」

「とんでもない。あちこち修理が必要なんですよ」

「そんなことないわよ。二十八で通るわ。どう、うちで働いてみない？」

「お客が減ります。わたし会社でキツイって評判なの」

「あのね、こういうところはキツイくらいが丁度いいのよ。そうでなければ長続きしない」

ママは真顔だった。

「ママはわたしを知らないのよ」

「あなたはこの業界のことを知らないわ。最近のホステスは、せいぜいタレントと旅行と食べ物の話しかできないけど、昔わたしがいたクラブでは、昼まで寝ている子なんか稼げなかったのよ。新聞を五紙読み、ベストセラーの本を読み、評判の映画をみるホステスが、ナンバーワンだったのよ。そうでないと、お客さんと話ができないからね。びっくりするような美人はダメなの。あなた、そういう生活をしてるんでしょう？」

「五紙とまではいきませんけどね」

「わたし、いいお客さんがつく頭のいい人が欲しかったんだ。売上向上のためにね。あなたならピッタリよ」

「会社よりもはるかに高く評価してくださるみたい。どうしようかな」

「まずバイトで、ちょっとやってみない？　……あら、猪狩さん、いたんだっけ。何怒っているの？」

さあ、なぜだろうな、と雄二はいい、ふたりは愉快そうに笑った。

——今夜は、中井の意外な面ばかり、みせられる。

そして、それを楽しんでいる自分をいぶかしく思った。舌や胃がしびれるような酒をのみたくなりママにウイスキーをストレートで頼んだ。

中井もまた、ウイスキーをストレートでのんだ。

「むりに合わせてくれなくていいんだよ」

と雄二がいうと、

「いいウイスキーは、ストレートでないともったいないわ」

むきになったみたいなのみ方をした。

「それに、じつは、アルコール依存症なの、わたし」

「そうだとおもったよ」

「いやだ、わかるんだ」

「酒呑みのことは、たいがいわかるさ」

「女心は？」とママがきいた。

「さっぱりわからない」

嬌声をあげてから、シマウマプリントのママは、気を利かせてべつの客のほうに行った。考えておいてね、と中井にいい残して……。

黒豹がいれば、ちょっと話をしてみたかったが、ソファに身をゆだねて中井とのんでいるだけで、雄二は日ごろの孤立感が薄れていくのを感じた。

「アナリストのホステスなんてのも、ユニークでいいかもしれないな。お客さんの投資相談をやったりしてね」

「このコーナーでやってみたら、けっこう殺到したりしてね。……でも、ダメだわ。わたし、男性の機嫌をとるのに慣れてないもの」

「そうかな、案外、隠された素質があったりしてね」

三杯目からは水割りにした。中井がつくってくれた。

「……ねえ、猪狩さん、舞台を降りるつもりかどうか、まだうかがってないわ」

ほぼおなじペースでのんでいる中井は、さすがに呂律《ろれつ》がまわらなくなっている。

「どうしておれの下手な芝居に、そんなに興味があるんだ?」

「さあ、どうしてかしら、会社がつぶれかかっているからかな」

「つぶれりゃいいとおもっているんじゃないの?」

「多少はそんな気もありますけどね、とても割り切れないわ。業務改善計画なんて下手な脚本を書いて、表面を糊塗しようとしているオバカサンに、猪狩さんだけがクレームをつけた。観客としては気になるってとこかしら」

「あのさ、本人の意思にかかわらず、降ろされるってのもあるんだぜ」

いや、もう降ろされかかっている。いやいや、ちがう、すでに降ろされているのではないか。おれが知らないだけで……。

「それはないわ」中井はきっぱりといった。「本人が降りようとしないかぎり、ぜったいに降ろせないわ」

「組織って、そんなに甘くないよ」

「ちがうわ。猪狩さんなら、方法はいくらでもあるはずよ」

中井は、妙に意地になっていた。

「……猪狩さん、もし舞台を降りるとなると、脱獄するんですか。今日の映画のように……」

中井のすらりとした首のつけ根から胸元にかけてが桜色に染まっている。

「そうだな。あの主人公みたいに、おれも自由と富と友情を得たいな」

「友情には困ってないらしいじゃないですか。わたしとちがって」

砂を嚙むような孤独感を感じつづける毎日だったが、いわれてみれば友人には恵まれていた。それで耐えられていたのか。

「もう、たくさんですか」

「何が？」

「この会社が」

「中井さん以上に割り切れないよ。この年まで世話になったという気がするし、未練もあるし」

「家庭もあるし」

「そうそう、それもあったな。もうひとつ、住宅ローンてやつもあった」

「男性ってかわいそうですね。囚われ人なのね」

「やはり刑務所のなかにいるのかな。あるいは奴隷かもしれない」

湿っぽい話題がつづいたが、不思議と気は晴れていた。本音で語り合える中井は、いい話し相手なのだった。

ボトルを半分ちかく空けて、バーを出た。もうすぐ明日になる時刻だった。

「ねえ、あなた」

送りにきたママが、ドアのまえで中井にいった。

「さっきの話、考えてみてね。わたし、本気なんだから」

「ママはやっぱり誤解しているみたいよ」

「とんでもない。わたしのほうが長く人間やってるんだから、人をみる目はあるのよ」

「あまり年はちがわないんですよ」

「いくつにみえる?」

「二十八」

ママがプルオーバーをくねらせて、腹の底から笑った。江戸っ子の気っ風のよさがのぞいた。

「それだけ平気で嘘をつければ、じゅうぶんに有資格者よ」

「男性相手には、いえないいんです」

「なに、カボチャとおもえばいえるわよ」

「あるいは一万円札だ、と」

またママが嬌声をあげ、そして真顔になった。

「ねえ、人の可能性って、自分の気づかないところにもあるのよ」

「ママ、おれの可能性は、どこにあるんだろうか」

雄二がいうと、ふんとママが鼻で笑った。

「猪狩さんは、いくらでもあるでしょうが……」

暑気がいくらか薄らいで、中井はジャケットを着た。足元がおぼつかない。

タクシーを止めた。

「送ってくださるんでしょう」と、中井が雄二の腕を取った。

川口市で、方角がちがったが断りきれない。首都高からみるビルには、この時刻になっても、まだ明かりをともしているものがあった。その上に、大きな満月が浮かんでいる。

「何だか、いやにさっぱりした気分になったよ」

「わたし、ゆっくり男性と話したの、何年ぶりかしら」

バーに行くときのタクシーのなかのように、中井はからだを預けてきた。ふざける感じではなかった。さすがに邪険には扱えない。

「内海の話、どうなっているんだっけ？」

雄二は牽制するつもりでいった。

「気になるの？」

「当然だろ。かわいい部下だ」

「真に受けているの？……あきれた」

腕を組み、肩に頭を載せてきた。

「ねえ、猪狩さん、もっと闘って」

「何のために？」

「仲間のために……。そして、ご自分のために」

「自信がないよ」

「ママがいってたでしょう。人には、あらゆる可能性があるって」

「若い人の話さ」

「遅すぎるってことはないのよ」

中井は組んだ腕に力をこめた。

渋滞もなく、車は快適なスピードで、滑るように走った。

「ねえ、猪狩さん」と囁いてきた。「闘うのを止めて、もし脱獄するなら、そのときはわたしも連れてって」

月明かりが、ほっそりした横顔を照らしている。

中井が顔を寄せてきた。

唇を吸うと、タバコの味がした。形の良いうなじを撫でると、身を震わせた。

気がつくと、マンションのまえに着いていた。中井がじっとみつめた。目の縁が赤くなっている。

雄二は、ちょっとためらってから、彼女の手を握っていった。

「とても楽しかったよ」

ひとりで車を降りて、中井がつぶやいた。

「またひとつ、増えたわ」

「何が？」

「臆病」

いわれても、腹は立たなかった。

車が走り出してしばらくしてから、怒るのは中井のほうだと気づいた。悔いは、いつだって、遅れてやってくる。

（下巻につづく）

本書は二〇〇二年十二月にNHK出版より刊行された『幸福の不等式』を分冊した上巻です。

|著者|高任和夫　1946年、宮城県生まれ。東北大学法学部卒業。三井物産入社。'83年に『商社審査部25時』を発表。以降、作家とサラリーマンの二足のわらじを履き続ける。'96年、50歳を機に、国内審査管理室長を最後に三井物産を依願退職、作家活動に専念する。著書に『架空取引』『粉飾決算』『告発倒産』(以上、講談社文庫)、『債権奪還』(講談社)、『燃える氷』(祥伝社)、『仕事の流儀』(日経ＢＰ社)など。

起業前夜《きぎょうぜんや》(上)

高任和夫《たかとうかずお》

講談社文庫

定価はカバーに
表示してあります

2005年12月15日第1刷発行

発行者——野間佐和子
発行所——株式会社　講談社
東京都文京区音羽2-12-21　〒112 8001
電話　出版部(03)5395-3510
　　　販売部(03)5395-5817
　　　業務部(03)5395-3615

デザイン—菊地信義
本文データ制作—講談社プリプレス制作部
印刷———株式会社廣済堂
製本———株式会社十曲堂

Printed in Japan

落丁本・乱丁本は購入書店名を明記のうえ、小社業務部あてにお送りください。送料は小社負担にてお取替えします。なお、この本の内容についてのお問い合わせは文庫出版部あてにお願いいたします。

ISBN4-06-275274-3

講談社文庫刊行の辞

二十一世紀の到来を目睫に望みながら、われわれはいま、人類史上かつて例を見ない巨大な転換期をむかえようとしている。

世界も、日本も、激動の予兆に対する期待とおののきを内に蔵して、未知の時代に歩み入ろうとしている。このときにあたり、創業の人野間清治の「ナショナル・エデュケイター」への志を現代に甦らせようと意図して、われわれはここに古今の文芸作品はいうまでもなく、ひろく人文・社会・自然の諸科学から東西の名著を網羅する、新しい綜合文庫の発刊を決意した。

激動の転換期はまた断絶の時代である。われわれは戦後二十五年間の出版文化のありかたへの深い反省をこめて、この断絶の時代にあえて人間的な持続を求めようとする。いたずらに浮薄な商業主義のあだ花を追い求めることなく、長期にわたって良書に生命をあたえようとつとめるところにしか、今後の出版文化の真の繁栄はあり得ないと信じるからである。

同時にわれわれはこの綜合文庫の刊行を通じて、人文・社会・自然の諸科学が、結局人間の学にほかならないことを立証しようと願っている。かつて知識とは、「汝自身を知る」ことにつきていた。現代社会の瑣末な情報の氾濫のなかから、力強い知識の源泉を掘り起し、技術文明のただなかに、生きた人間の姿を復活させること。それこそわれわれの切なる希求である。

われわれは権威に盲従せず、俗流に媚びることなく、渾然一体となって日本の「草の根」をかたちづくる若く新しい世代の人々に、心をこめてこの新しい綜合文庫をおくり届けたい。それは知識の泉であるとともに感受性のふるさとであり、もっとも有機的に組織され、社会に開かれた万人のための大学をめざしている。大方の支援と協力を衷心より切望してやまない。

一九七一年七月

野間省一